夜深朗读者

[法] 安德烈·纪德 等 —— 著　罗国林 等 —— 译

FOR THE FIRST AND THE LAST EAR ON THE PLANET
I READ ALOUD FOR MY OWN SOUL

图书在版编目（CIP）数据

夜深朗读者 /（法）安德烈·纪德等著；罗国林等译. —北京：北京联合出版公司，2018.9（2023.4重印）

ISBN 978-7-5596-2340-9

Ⅰ.①夜… Ⅱ.①安… ②罗… Ⅲ.①散文集–世界 Ⅳ.①I16

中国版本图书馆 CIP 数据核字（2018）第157635号

夜深朗读者

作　　者：(法)安德烈·纪德　等
译　　者：罗国林　等
责任编辑：郑晓斌　徐　樟
产品经理：严小额
特约编辑：陈　红

北京联合出版公司出版
（北京市西城区德外大街83号楼9层　100088）
三河市新新艺印刷有限公司印刷　新华书店经销
字数：100千字　880mm×1230mm　1/32　印张：6.25
2018年9月第1版　2023年4月第6次印刷
ISBN 978-7-5596-2340-9
定价：36.00元

未经许可，不得以任何方式复制或抄袭本书部分或全部内容
版权所有，侵权必究
如发现图书质量问题，可联系调换。质量投诉电话：010-62707370

夜深了。我喜欢躺在浴槽里放松筋骨,悠然地倾听着那潇潇的雨声。这个时节的雨,最适合于我这个时候的心境。

目录

绿叶雨 / 1

如果人必须迷上点什么 / 4

远和近 / 10

我平生最重要的日子 / 16

钟声 / 21

故园忆往 / 25

自然之声 / 29

在春天，幸福的人也会被吸引到远方去 / 33

雾 / 44

断崖 / 54

我在百花间忘掉果实，而把空谈留给冬天 / 60

录目

哀愁 / 70

夏日的芳草 / 81

纳凉 / 86

夏秋之交 / 89

特利埃夫之秋 / 96

过去的笔迹 / 101

一边思念，一边让感情冷却 / 107

冬日漫步（节选） / 115

园圃春望 / 121

再到湖上 / 129

山口 / 140

父亲与我 / 146

四季生活 / 153

父亲 / 162

奶奶 / 170

徒步旅行 / 178

绿叶雨

（日）薄田泣堇／文
陈德文／译

  原野，山峦，一片翠绿了。这时节——尤其是今年，经常下雨。比起濡湿草木新芽的初春的雨，比起迟些日子到来的梅雨季节的雨，这个时候的雨却有着不同的韵味。初春的雨寒冷，梅雨季节的雨过于忧郁。夹在两者之间的晚春的雨，明丽、快活，充溢着暖意，像银子般闪着光亮。初春的雨无言地润泽着，这时的雨却潇潇有声。这雨声带有静谧而亲切的情味，是天空和草木精魂的窃窃私语，令人想到柔滑的肌肤和芳馨的呼吸。风时时横扫着草木的嫩叶，宛若一位美人，雨滴从颈项上流下来，经过腋下，滑入乳畔，凉丝丝，痒酥酥，她忍不住摇晃着身子，笑弯了腰。这种快活的情味只有从这时的雨中才能体会得出来。

　　受到这种快活和明丽的引诱，蛤蟆从叶荫深处慢腾腾地爬出来，雨滴一落在它的脸上，那蛤蟆像个醉汉一样，笨拙地用前爪，悄悄地揩抹了一下鼻端。而且时时蹲踞着，不住打量着周围的一切。谙熟历史的俳句诗人小林一茶，将蛤蟆的这种姿态比喻为旅途上被大雨浇湿的游子。蛤蟆啊！你所寻觅的一茶，是个很好的俳人，他的灵魂为长年的悲苦所扭曲。

　　这时节还有一位你的更好的朋友，但它不适合同你一起沐浴着这明净的雨。它是蟹。蟹带着沾满泥土的硬壳，从庭院石头的背后横着身子爬出来了。像一只钢铁制造的蒸汽机车，不住地吐着泡沫，看上去就像德国人想象并制造的生物，外壳打上了"Krupp"公司的印记。我家位于近海的沙滩上，蟹很多，一到梅雨季节，经常有蟹经过墙壁，沿着房柱，爬进屋内的榻榻米上。螃蟹啊，你和蛤蟆虽然各自过着不同的生活，但你们都很有自尊，都具有自尊者的孤独性。过去有位厌世哲学家叔本华，他到意大利去旅行，当地的人们——尤其是漂亮的女人们，对他很冷淡，而对同时来到这个城市的厌世诗人拜伦,简直就像招待王公贵族似的欢迎他,于是他很没有面子,草草离开了那座城市。螃蟹和蛤蟆都其貌不扬,笨拙丑陋,总不至于互相嫌弃吧?

树上还有雨蛙和蜗牛,它们也喜欢雨。雨蛙是闻名的独唱家,蜗牛是古怪的沉默者。一个是从树叶跳到树叶,一个是从树枝滑向树枝。雨蛙像艺人一般,只身奔走四方;蜗牛像灵场的巡礼者,将全部家产都背在自己身上。它们偶尔会在宽大、碧绿的芭蕉叶上相逢。彼此只是行注目礼,一句话也不说,匆匆擦肩而过。它们都喝足了雨水,尝尽了雨味,专心地同雨嬉戏。它们懂得,要是放过这个时节,雨天很快就会过去。

夜深了。我喜欢躺在浴槽里放松筋骨,悠然地倾听着那潇潇的雨声。这个时节的雨,最适合于我这个时候的心境。

如果人必须迷上点什么

（美）E.B.怀特/文
贾辉丰/译

醒着或睡着，船都在我的梦幻中——通常是那种小船，船帆轻轻地鼓荡。想一想我生命中有多大一部分时光都花费在梦想出海上，而这整场梦幻都与小船有关，我就不免担忧起我的健康状况，因为据说总是遨游在虚幻的现实中，被想象中的清风吹动，并不是什么好兆头。

我注意到，大多数人去理发店，必须排队等候时，都会坐下来，抄起一本杂志看。我则只管落座，沉浸于我的海上思绪，那番游历始于五十多年前，到现在还没结束。在东部，不管是等候乘火车还是等候看牙医，每个地方都成了我的舱室。我还在忙着整理帆索时，要么火车已经启动，要么牙钻开始吱吱嘎嘎地转。

如果人必须迷上点什么，我想，一艘船不逊于任何东西，或许比大多数东西还好些。航行中的小船不仅风姿绰约，而且很有诱惑力，充满了奇特的承诺和不祥的暗示。碰巧赶上机帆游艇，它无疑就是人类永不停歇的大脑所能设计的最紧凑、最巧妙的生活空间了——一个稳定但不凝滞的家，不是一个匣子，而是一条鱼、一只鸟、一位姑娘。主人身在其中，只要有胆量，他的日常生活就可以远远避开陆地上的尘嚣，迎风航行或顺水漂流——起居室、卧室、浴室，浮家泛宅，活力无穷。

生活中一丝不苟、渴望简洁的人，进入不受风雨侵袭的海湾里停泊的三十英尺[1]长的帆船的舱室，每每感到宽慰。这里，家中杂七杂八的全套装备给压缩在微型空间和无常的虚妄中，悬在天与海之间，随时准备在清晨靠着帆索的奇技和魔力继续起航。难怪人们要将船珍藏在心底的最隐秘处，从摇篮直到坟墓，不弃不离。

1　1英尺≈0.30米。

与我的船之梦一道浮现的,是我对船的拥有,一艘接一艘,漂在海面上,许多都是闹着玩儿的,说沉就沉。从童年时代起,我就想法子拥有某种小帆船,心惊胆战地驾船出航。如今,我已经年过七十,仍然拥有一条船,仍然热衷于听从无情的大海发出的呼唤,心惊胆战地驾船出航。大海为何如此吸引我?从何时起,我生出这种在现实或梦幻中扬帆远航的冲动?我与大海的第一次邂逅,其实是一见生恨。四岁时,家人携我前往新罗谢尔的海滨浴场。在那里所经历的一切都让我恐惧和反感:呛进嘴里的咸水,木头搭建的更衣室里逼人的寒气,乱糟糟的沙滩,散发恶臭的沼泽地。离开时,我满怀对海的畏惧与憎恨。后来,我发现曾经所畏惧和憎恨的,现在变成了畏惧和爱。

我必须回到海上,因为是它托起了一条船,我对船懂得很少,但时刻不能忘怀。我成了海上游子,大海对我是无言的挑战:海风、潮汐、雾霭、暗礁、凄厉惨叫的海鸥、天气永无休止的威胁与恫吓。一旦海风鼓满我的船帆,我的双手就无法离开舵柄,好像抓住了一根高压线,想甩也甩不开。

我喜欢独自航行。大海对我就像是身边的姑娘——我不希望再有任何人插足。没人指点,我只有自行其是,结果事事都做得古怪,终于没有学会正确操船,更不要说技艺娴熟,虽然我一生在这上面都很起劲。二十岁时,我才知道还有海图存在,此前我的历次出航都得小心摸索,不知已经有先行者留下了他们的踪迹。三十岁时,我才学会把盘索利利索索地挂在固着楔上。在此之前,我从来都把盘索堆在甲板上,丢掉盘管。我从来麻烦不断,待到重返海面,又招来更大的麻烦。航行成了件欲罢不能的事情:船泊在海上,不停地摇晃,风在吹,我别无选择,只能登船出航。最早我的船都很小,碰上风不灵光,或者我不灵光,还能动手控制,我可以靠长棹或短桨划回去。后来,我的船升级了,非得乘风,才能破浪。我第一次在这样一条船上卸下锚具,一小时后才乍起胆子,升起三角旗。即使到现在,我经历了上千次的短程航行,每逢出海时,听海鸥鼓噪,软塌塌的主帆噼啪拍击,仍不免习惯性地生出寒意。

近年来,我注意到,航海日益成了一种强制行为,不再是个单纯的乐子。船泊在那里,清晨的微风徐徐吹拂——荣誉攸关,那么,拔锚启航吧。我像个酗酒者,一生丢不开酒瓶子。对我来说,我也丢不开航行。然而,我清楚地知道,我失去了对海风的感觉,实际上,我不再因为海风而激动。它催我振作,一点不错,而我真正喜欢的是无风的天气,四周一片平静。有一个非同小可的问题,时时萦绕在我心头,人如果讨厌海风,是否还应当继续摆弄船。但这种反应有些学究气——长久的渴望仍在心中鼓荡,它属于过去,属于青春,所以我挣扎在旧日与现时之间,这是人在垂暮之年的一种常见病。

人何时应当告别大海?要等到怎样的耳聋眼花,手脚不灵便才肯停歇?是见好就收,还是非要等到犯下大错?比如失足落水,或因为篷帆陡转,给惯倒在甲板上?去年冬天,我长时间与自己争论这个问题。最后,认定这条路已经走到头,于是,我写信给船坞的工作人员,请他们把船拖上来,标价出售。我说我"回头是岸"。不过,在我敲下这一行字时,我怀疑我根本就是说说而已。

假如不见买主,随后的事情可想而知:我将请他们把船拖下水——直到有人登门求购。随后,温暖和煦的东南风吹皱了海湾,是那种柔和的、平稳的晨风,带来遥远的海上世界的腥气,那气味把人送回时间的开端,将他与早先逝去的一切联系起来,此时,往日的不安,往日的不确定,又都一一出现了。单桅帆船就泊在那里,海风吹起来,我将再度解缆启航。待我横渡海面,避开渔栅的浮标和系索桩,抵达托利群岛外的红色浮筒前。岩礁上聚拢的长喙鸬鹚一定会注意到我的经过。"那老家伙又来了,"它们会说,"又来绕过他的海角,又来征服咆哮的西风带。"我手握舵柄,再次感受到海风给一条船贯注了生命力,再次嗅到往日的威胁,那些为我贯注了生命力的东西:海上世界残酷的美,甲壳动物的细刃,海胆的尖棘,水母的毛刺,还有螃蟹的利螯。

远和近

（美）托马斯·沃尔夫／文　万紫／译

一个小镇，坐落在一片从铁路线连绵而来的高地上。它的郊外，有一座明净整洁装有绿色百叶窗的小屋。小屋一边，有一个园子，整齐地划成一块块的，种着蔬菜。还有一个葡萄棚架，到了八月底，葡萄就会成熟。屋前有三棵大橡树，每到夏天，大片整齐的树荫，就会遮蔽这座小屋。另一边，则是一个鲜花盛开的花坛。这一切，充满着整洁、繁盛、朴素的舒适气氛。

每天下午两点过几分，两座城市间的特快列车驶过这里。那时候，长长的列车要在镇子附近暂停一下，然后又平稳地起步前进，但是它的速度还没有全速前进时那么惊人。在机车有力的制动下，眼看它不慌不忙地从容驶去，沉重的车厢压在铁轨上，发出低沉和谐的隆隆声，然后消失在弯道中。在一段时间里，在草原的边缘上，每隔一段距离，汽笛吼叫，喷出一圈圈浓烟，可以感觉到列车行驶的痕迹。最后，什么也听不见了，只剩那车轮坚实的轧轧声，在午后的寂静中悄然隐去。

二十多年来，每天，当列车驶近小屋时，司机总要拉响汽笛。每天，一个妇人一听到鸣笛，便从小屋的后门出来向他挥手致意。当初有一个小孩拽着她的裙子，现在这孩子已长成大姑娘，也每天和她母亲一起出来挥手致意。

司机操劳多年，已经白发苍苍，渐渐变老了。他驾驶长长的列车载着旅客横贯大地已数万次。他自己的子女都已长大了，结婚了。他曾四次在他面前的铁轨上看到了可怕的悲剧所凝聚的小点，像颗炮弹似的射向火车头前的恐怖的阴影里——一辆满载小孩子的轻便马车和密密一排惊慌失措的小脸；一辆廉价汽车停在铁轨上，里面坐着吓得目瞪口呆、状若木鸡的人们；一个又老又聋的憔悴的流浪汉，沿着铁路走着，听不到汽笛声；一个带着惊呼的人影掠过了他的窗口——所有这些，司机都历历在目，记忆犹新。他懂得一个人所能懂得的种种悲哀、欢乐、危险和辛劳。他那可敬的工作，仿佛风刀霜剑，在他脸上刻下了皱纹。现在，他虽已年老，但在长期的工作中养成了忠诚、勇敢和谦逊的品质，并获得了司机们应有的崇高和智慧。

但不管他见识过多少危险和悲剧，那座小屋，那两个妇女勇敢从容地向他挥手致意的景象，始终印在他的心里，看作美丽、不朽、万劫不变和始终如一的象征，纵使灾难、悲哀和邪恶，可能打破他的铁的生活规律。

他一看到小屋和两个妇女，就感到从未有过的非凡的幸福。一千次的阴晴明晦，一百次的风雷雨雪，他总是看到她们。通过冬天严峻、单调、灰蒙蒙的光线，穿过褐色冰封的大地，他看见她们在妖艳诱人的绿色的四月里，他又看见她们了。

他对她们和她们所住的小屋感到无限的亲切，好像父母对于自己的子女一样。终于，他觉得她们生活的图画已深深地印在了他的心中，因而他完全了解她们一天中每时每刻的生活。他决定，一旦他退休了，他一定要去找她们，要和她们畅谈生平，因为她们的生活已经和他自己的生活深深地交织在一起了。

这一天终于来到了。最后，司机在她们居住的小镇的车站下了车，走到了月台上。他在铁路上工作的年限已经到了。他目前是公司领取养老金的人，没有工作要做了。司机慢慢地走出车站，来到小镇的街上。但所有的东西对他来说都是陌生的，好像他从未看到过这小镇似的，他走着走着，渐渐地感到迷惑与慌乱。这就是他经过了千万次的小镇吗？这些是他从高高的车厢窗口看见的房子吗？一切都是那么陌生，使他那么不安，好像梦中的城市似的；他越向前行，他的心里越是疑虑重重。

现在，房屋渐渐变成了小镇外稀稀落落的村舍，大街也渐渐冷落了，变成了一条乡村的小路——两个妇女就住在其中一所村舍里。司机在闷热和尘埃中沉重地、慢慢地走着，最后，他站在了他要找寻的房屋前面。他立刻知道他已经找对了。他看到那屋前高大的橡树、那花坛、那菜园和葡萄棚。再远，那铁轨的闪光。

不错，这是他要找寻的房子，这地方他经过了不知多少次，这是他梦寐以求的幸福的目的地。现在，他找到了。他到了这里，但他的手为什么在门前抖了起来？为什么这小镇、这小路、这田地以及他所眷恋的小屋的门口,变得如此陌生,好像恶梦中的景象?为什么他会感到惆怅、疑虑和失望?

他终于进了大门,慢慢地沿着小径走去。不一会儿,他踏上通向门廊的三步石级,敲了敲门。他听到客厅的脚步声,门开了,一个妇女站在了他的面前。

霎时,他感到很大的失望和懊丧,深悔来此一行。他立刻认出了站在他面前用怀疑的眼光瞧他的妇人,正是那个向他千万次挥手致意的人。但是她的脸严峻、枯槁、消瘦;她皮肤暗黄,松弛地打着褶皱;她那双小眼睛,惊疑不定地盯着他。原先,他由她那挥手的姿态所想象出的勇敢、坦率、深情,在看到她和听到她冷冷的声音后,刹那间,一股脑儿地消失了。

而现在,他向她解释他是谁和他的来意时,他自己的声音听来却变得虚伪,勉强了。但他还是结结巴巴地说了下去,拼命把他心中涌出来的悔恨、困惑和怀疑抑制下去,忘却他过去的一切欢乐,把他的希望和爱慕的行为视同一种耻辱。

最后,那妇人十分勉强地请他进了屋子,尖声粗气地喊着她的女儿。在这段短暂却饱含痛苦的时间里,司机坐在一间难看的小客厅里，打算和她们攀谈，而那两个女人带着迷茫的敌意，用阴沉、畏怯、抑郁、迟钝的眼光瞪着他。

最后他结结巴巴生硬地和她们道别。他从小径出来沿着大路朝小镇走去。他忽然意识到他是一个老人了。他的心，过去望着熟悉的铁路远景时，何等勇敢和自信。现在，当他看到这块陌生的，不可意料的，永远近在咫尺、却从未见过，从不知悉的土地时，他的心因疑惧而衰竭了。他知道一切有关迷途获得光明的神话，闪光的铁路的远景，希望的美好小天地中的幻想之地，都已一去不复返，永不再来了。

我平生最重要的日子

（美）海伦·凯勒/文　佚名/译

在我的记忆中，我平生最重要的日子，是我的老师安妮·莎莉文来到我身边的那天。这一天联系着我两种截然不同的生活，每想到这一点，我的心里便充满了神奇之感。那是一八八七年三月三日，距离我满七岁还有三个多月。

在那个重要的日子的下午，我一声不响地站在大门口，我在等待。我从妈妈的手和屋里匆忙来往的人们，模糊地感到某种不寻常的事情就要发生。因此，我来到门口，在台阶上等待着。午后的阳光穿过覆盖在门廊上的金银花，落在我仰着的脸上。我的手指头几乎不自觉地流连在熟悉的树叶和花朵之间。那花似乎是为了迎接南方春天的阳光才开放的。我不知道未来给我准备了什么样的奇迹和意外。几个星期以来，我心里不断地受到愤怒和怨恨的折磨。这场激烈的斗争使我感到一种深沉的倦怠。

你曾在海上遇到过雾吗？你好像感到有一片可以触摸到的白茫茫的浓雾，把你重重包围了起来。大船正一边测量着水深，一边向岸边紧张而焦灼地摸索前进。你的心怦怦地跳着，等待着事情的发生。在我开始受到教育之前，我就像那只船一样。只不过我没有罗盘，没有测深锤，也无法知道海港在哪里。"光明！给我光明！"这是我灵魂里的没有语言的呼号，而就在一小时之后，爱的光明便照耀到了我身上。

我感觉到有脚步向我走来，我以为是妈妈，便向她伸出了手。有个人握住了我的手，把我拉了过去，我被一个人抱住了。这人是来让我"看"到这个有声有色的世界的，更是来爱我的。

我的老师在到来的第二天便把我引到了她的屋里，给了我一个玩具娃娃。那是柏金斯盲人学校的小盲童们送给我的。衣服也是罗拉·布莉治曼——盲聋哑人，柏金斯学校很有影响力的教师，给它缝的。但这些我都是后来才知道的。

在我玩了一会儿玩具娃娃之后，莎莉文小姐便在我手心里拼写 d—o—l—l——doll：英语，意思是玩具娃娃，这个字。我立即对这种指头游戏感到了兴趣，模仿起来。最后我胜利了，我正确地写出了那几个字母。我由于孩子气的快乐和骄傲，脸上竟然发起烧来。我跑下楼去找到妈妈，举起手写出了 doll 这个字。我不知道我是在拼写一个字，甚至也不知道有字这种东西存在，我只不过用指头像猴子一样模仿着。在以后的日子里，我以这种我并不理解的方式，学会了很多字。到我懂得每一样东西都有一个名字的时候，已是我的老师教了我几个星期之后的事了。

有一天，我正玩着新的玩具娃娃，莎莉文小姐又把我的大玩具娃娃放到了我的衣襟里，然后又拼写了 doll 这个字。她努力地要让我懂得这两个东西都可以用 doll 这个字表示。

前不久，我们刚在"大口杯"和"水"两个字上纠缠了许久。莎莉文小姐想尽办法教我 m—u—g 是"大口杯"，而 w—a—t—e—r 是"水"。可是，我老是把这两个字弄混。她无可奈何，只好暂时中止了这一课，打算以后利用其他机会再来教我。可是，这一回她又一再地教起来，我变得不耐烦了，抓住新的玩具娃娃，用力摔到地上。我感到玩具娃娃摔坏了，碎片落在我的脚上。这时我非常高兴，发了一顿脾气，既不懊悔也不难过。我并不爱那个玩具娃娃。在我生活的那个没有声音没有光明的世界里，本没有什么细致的感受和柔情。我感到老师把碎片扫到壁炉的角落里了，心里很满足——我烦恼的根源被消除了。她给我拿来了帽子，我明白我要到温暖的阳光下去了。这种思想（如果没有字句的感觉也能称之为思想的话）使我高兴得手舞足蹈。

我们沿着小路来到井房。井房的金银花香气吸引着我们。有人在汲水，老师把我的手放在龙头下面。当那清凉的水流冲在我手上的时候，她在我的另一只手掌心里写了w—a—t—e—r（水）这个字。她开始写得很慢，后来越写越快。我静静地站着，全部注意力集中到她指头的运动上。我突然朦胧地感到一种什么被遗忘了的东西——一种恢复过来的思想在震颤。语言的神秘以某种形式对我展示出来。我明白了，"水"是指那种奇妙的、清凉的、从我手上流过的东西。那个活生生的字唤醒了我的灵魂，给了它光明、希望和欢乐，解放了它。当然，障碍还是有的，但是已经可以克服了。

我怀着渴望学习的心情离开了井房。每一个东西都有一个名字，每个名字产生一种新的思想。当我们回到屋里时，我所摸到的每一个东西都好像有生命在颤动。那是因为我用出现在我心里的那种奇怪的新的视觉"看"到了每一个东西。进门的时候,我想起自己打破了的玩具娃娃。我摸到壁炉边,把碎片捡了起来。我努力把它们拼合到一处,但是没有用。我的眼里噙满了泪水。因为我懂得我干出了一件什么样的事,我第一次感到了悔恨和难过。

　　那一天,我学会了很多字,是些什么字,我已忘了,但是我确实记得其中有妈妈、爸爸、姐妹、老师这些字,是这些字让世界为我开出了花朵。在那个新事频出的日子的晚上,我睡上了自己的小床,重温起那一天的欢乐,恐怕很难找到一个比我更加快乐的孩子。我第一次渴望新的一天的到来。

钟声

（日）永井荷风/文 陈德文/译

在久居的麻布家的二楼上，时不时可以听到钟声。钟声不太远，也不太近，即使在思考着什么的时候，这钟声也不会打乱我的心绪。就这样，一边沉思，一边静听钟的音色。有时候什么也不想，身子疲倦，神情恍惚，听到钟声，心中更觉一派茫然，像做梦一般。仿佛西洋诗中的摇篮曲轻柔的音响，使人心情舒畅。

从那响声传来的方向推测，我断定那是芝山内的钟声。过去芝地的大钟听说是设在新辟的山道上，如今那里见不到了,现在的钟声是从增上寺境内什么地方传出的,我不知道。

我在现今的这个家里,已经居住将近二十年了。刚搬来时,近处的崖下还残存着茅草房屋,正午可以听到鸡鸣,照理说,更可以比现在频频地听到钟声了。可是不管我怎么回忆,都不记得那时候曾经一边倾听钟声,一边沉醉于思考之中。也许因为十年前不似今天这样老迈、这样专注于倾听钟声吧。

然而,大地震以后,这钟声不知打何时起,渐次传来了我过去所未曾感知的音响。同时,我心里也产生了一种期盼,希望今天也像昨天一样,天天都能听到钟声。

钟声不分昼夜,不用说,到时候就有人去撞击。可是,由于受到车声、风声、人声、收音机、飞机和留声机等各种声响的阻碍,这钟声很少能传到我的耳朵里。

我的家位于崖上,从后窗可以望见西北方的"山王"和"冰川"的森林。整个冬季,西北风呼啸不止,崖上的竹丛和院中的树木骚然一片。不仅窗户,有时房屋也被摇动了。风向因季节而改变,从春到夏,邻近各家的门窗洞开,随着从东南方吹来的风,四方涌起的收音机的音响,从早到晚一直包围着我的家。为此,有一阵子,钟声也全然被忘却了。

正当这时，突然一声巨响，使我震惊不已。

根据这几年的经验，钟声最使我欣喜的时候是：随着短暂的冬日黄昏的迅速降临，刮了两三日的北风戛然而止，寒冷的夜晚更加寒冷，更加静寂，坐在刚刚点燃的灯下，独自举箸用晚膳的那一瞬间，"咚——"，最先撞击的一声巨响传到了我的耳畔。我大吃一惊，手中握着筷子，不由得回首遥望着远方。在那幽邃而神秘的夜空中，看见长庚星孤零零地漂浮于天际，有时还可以看到干枯的树梢上挂着一弯新月。

不久，天变长了，傍晚时分尤感到明显。白昼已尽，黑夜尚未降临，这时读读写写倦了；或者在独对寒烛的夜晚，不知做些什么好，始终提不起劲来。这时，猝然传来的钟声，会使你双手支撑在桌上，即使臂膀麻木也浑然不觉，沉迷于对无边的往昔的回忆之中。正是在这种时候，我会慌忙地拿出朋友的遗著，埋头读到深夜。

新叶簇簇遮掩着庭院，房舍的窗户也笼罩在一团暗绿丛中。尤其是在午后，细微的雨滴从叶梢无声地坠落下来，这时，总有低柔的钟声自远方传来，仿佛欣赏铃木春信古老版画的色彩和线条，使人感到疲劳和倦怠。与此相反，到了秋末，在一夜比一夜更加强劲的西风里倾听那断断续续的钟声，就好比阅读屈原的《楚辞》呢。

自昭和七年夏天以来，随着世风的改变，钟声也使我觉得有一种明治时代我所未曾感知的音响。这是一种静静的絮语，是在解说着忍辱和谛悟的道理。

西行法师、松尾芭蕉、皮埃尔·洛蒂、小泉八云，他们各自生活在某一时代，这巨响，这声音，这絮语，他们都沉下心来静静地倾听了。但是，不论在什么人的传记里，历史都没有载明这殷殷钟声曾经激励他们昂扬奋发的意气。时势变迁是一种不可晓喻的力量，它强于天地异变的力量。佛教的形式和佛僧的生活已经变化，再不像松尾芭蕉和小泉八云等人倾听佛寺钟声的时代了。只有僧人夜半起来撞钟的习惯，将会一如既往，永远持续下去吧。

钟声阵阵传入耳朵，每当这时我不由得忧心忡忡起来。我想，我可能是最后一个带着和往昔的人们一样的情怀倾听这钟声的人了……

故园忆往

(德)赫尔曼·黑塞/文
陈明哲/译

有一天大清早，我步出家门，口袋里揣着一本书和一块面包，打算随兴到处走走。照着童年时代养成的习惯，我先绕到屋子后面，走进仍笼罩在树荫下的园子。园子里有一棵父亲亲手植的冷杉，当年瘦小的幼树，如今高大粗壮地矗立着，树下覆盖着厚厚的浅棕色针叶。多年来，除了冬青之外，再没有别的植物能够在它下面生长。然而在旁边的一座狭长形花坛里，母亲种了许多花木，它们全都欣欣向荣，足够让我们在每个星期天采上一大捧鲜花。其中的花种有：开着一束束银红色小花的皱叶剪秋罗；还有女人心，那是一种茎枝纤细、垂挂着许多红色和白色心形花朵的小灌木；另外一种有臭味的，则是傲慢草。在这些花木旁种有长梗紫菀，不过这时候还不是它的花期。花坛的土表上匍匐着带有柔软芒刺的肥叶景天以及长相滑稽的马齿苋。由于有这么多奇花异卉生长在一起，这块狭长花坛就成为我们心爱的宝贝、梦想中的花园，上面的花草远比种在两个圆形花坛里的玫瑰更受我们关爱。每天当阳光照上花坛，爬满常春藤的围墙也容光焕发的时候，但见植床上争奇斗艳，每株花木都各具姿色：剑兰炫耀自己丰腴的体态和艳丽的色泽，开着蓝花的天芥菜沉醉在自身散发的馨香气味中，狐尾苋的花序略微猥琐地下垂着，耧斗菜则立起脚趾，摇响着四瓣的夏季铃铛。成群的蜜蜂在秋麒麟草和蓝色的草夹竹桃的花朵间忙来忙去，浓密的常春藤里，褐色小蜘蛛正辛勤地穿梭结网。在那片紫罗兰的上空，则有一群身躯肥胖、双翼透明的蛾蝶类，正愉快地振翅飞舞，那是天蛾，也有人称它鸽尾蛾。

带着欢度节庆的快乐心情周旋于花朵之间，我嗅闻散发着香味的伞形花序，或用手指小心掂着萼片向花心里瞧。我向花冠深处颜色浅淡的幽谷窥视，端详叶脉沉静的纹理，研究雌蕊上软毛密布的花柱和晶莹的沟槽。同时，我也观察凝聚如云的晨雾,看那丝絮般的山岚和羊毛状的云朵在半空中交织绸缪……

怔忡之际,我吃惊地四下打量这一向熟悉且充满儿时欢乐记忆的天地。小小的庭园、莳花的阳台、照不到太阳的潮湿院落以及那长了青苔的铺石走道,这时看在眼里,已经和往昔的面貌不同了;就连花朵,仿佛也多少减损了原本挥霍不尽的娇美。我的视线落在花园一角蓄水用的老木桶和引水管上,想起从前有一回,我让父亲伤了半天脑筋,我把桶子里的水放出来,推动我所组装的一具木制水车,还在走道上筑堤坝、挖运河,闹成一场大水灾。这具破旧的蓄水桶是我童年一心钟爱的东西,也是打发时间的良伴;端详着它,我甚至感觉到儿时的欢笑在心底里回响。只不过当欢笑染上了少年的轻愁之后,蓄水桶也就不再是童年的井泉、江河和尼加拉大瀑布了。

我一边想,一边攀越栅栏,摘下拂过面颊的一朵蓝色牵牛花,放在嘴里含着。我已经打定主意要出去散步一趟,从山上俯瞰这座城市。散步也是我早年从未想过要做的一项不甚有趣的活动。小孩子是从来不散步的——他一进了树林,就像个绿林大盗、骑士或印第安人;他一下了河,就像筏夫、渔人或磨坊工人；他一奔上草原，不是抓蝴蝶就是逮蜥蜴。所以这趟散步在我看来，就像一个茫然不知所措的大人，正要开始一项庄严而又乏味的行动。

牵牛花没多久就凋萎并被我扔掉了。我嘴里这会儿嚼的是新折的一根山毛榉树枝，味道苦涩，却散发着香气。我走上火车轨道的高堤，在那棵高大的染料木树底下，巧遇一只草蜥从我脚趾前横过。这一下，我的顽童品性复苏了。我毫不怠慢地跟着它，蹑手蹑脚地在后面埋伏，终于手到擒来，将这只发抖的小家伙抓到大太阳底下来。盯着它那宝石般闪闪发亮的小眼睛，感受它身体在我手指间柔软有力的挣扎，以及强壮四肢的拼命抗拒，我那童年捕猎的快感不期然又浮现了。然而这一回兴致来得快，去得也快，我兀立当场，竟不知该拿这名俘虏怎么办才好。我发觉这件事毫无意义，再也没什么值得高兴的了。我弯下身去，松开了手掌。蜥蜴困惑地僵立着，两腮急促地鼓动，随即奋力蹿向草丛，像披着耀眼鳞甲的列车冲撞而来，从我身旁一掠而逝。目送它的逸去，忽然间我茅塞顿开，明白自己已经不再能够从这座童年农园里得到真正的乐趣了。我多么希望跟着这班列车，朝广阔的世界驶去。

自然之声

（日）德富芦花／文
陈德文／译

高根风雨

今年五月中旬，我在耸立于伊香保西边的高根山峰顶，借草而坐。

前面，大壑赫然张开巨口。隔着这条沟壑，左首耸立着榛名富士，右首耸立着乌帽子岳。两山之间，夹峙着榛名湖，水窄如一副白练，湖的对面，扫部岳和鬓栉岳等高山临水而立，将湖面映衬得更加低平。乌帽子岳右面是信越境的群山，雪光灿烂,如波涛绵亘于天际。

近处诸山,呈现出一派绛紫色的肌肤。其间,屹然耸立于大壑之旁、嵯峨挺拔的乌帽子岳,山头皆由峭立的碧石织成。山肌历经风霜雨雪的剥蚀,形成条条壁沟。适值五月中旬,春天来到了山中。山表和山腹的壁沟里长满了楢类植物,青叶如织,恰似几条青龙蜿蜒下山而来;又像饱涨的绿瀑,从榛名富士山麓跌落下来,汇成绿色的流水,一齐奔注到右边的大壑之中。壑底立即腾起几座小山,掀起绿色的余波。

时值午后二时许,空气凝重、闷热。西边天空露出古铜色。满眼青山,沉沉无声,吓人的寂静充盈着山谷。

坐了片刻,乌帽子岳上空,浓云翻滚,色如泼墨。不知从何处传来殷殷雷鸣,为即将袭来的暴风雨敲响了进攻的鼓点。顿时,空气沉滞,满目山色变得忧戚而昏暗。忽然,一阵冷风,飒然拂面。湖水声、雨声,摇撼千山万谷的树木枝条的声音,在山谷里骚然而起,弥漫天地。山岳同风雨激战,矢石交飞,杀声震耳。

抬眼远望,乌帽子岳以西诸山,云雾蒙蒙,一片灰蓝。这里正当风刀雨剑,激战方酣之时,国境边上的群山,雪光鲜亮,倚天蹈地,峭然矗立。中军、殿军排列二十余里,仿佛等待着风雨来袭。宛如滑铁卢的英军布阵，沉郁悲壮，使人感到处处浸满大自然的雄奇威力。大壑上面，突现一棵古老的楢树，一只枭鸟兀立枝头，频频鸣叫。

已而，雷声大作。黑黑的云在我的头上遮蔽着风。风飒飒震撼着山壑。豆大的雨滴，一点——两点——千万点，噼噼啪啪地落了下来。

蓦然间，我冲出风雨雷电的重围，直向山口的茶馆飞奔而去。

碓冰流水

为探寻秋的踪迹，某年秋季的一日，我独自从轻井泽出发，沿着古道而行。距碓冰山峰四里之遥，红叶已散尽。落木寒山，翠松几点。萧散之致，可画可歌。

再向下走，满山皆是枯萎的芒草。不由得感到"秋老群山亦白头"了。这时，浅间山顿时阴暗了下来。山脚日影明丽，山头却点点滴滴，秋雨落到了帽子上。我一边走一边吟诵："时雨霏霏下，独行萱草中。"一阵秋雨，遍山芒草沙沙作响，声如人语。举伞伫立片刻，阵雨戛然停歇，只剩下一片寂静，周围仿佛空无一物。"山中人自正"。这话说得有理。正当我心清如水的时候，不知打何处传来清越的响声，萧萧而起，飒飒满山。啊！这就是远处碓冰河的流水穿过谷底的声音吧。

（俄）屠格涅夫／文 丰子恺／译

在春天，
幸福的人
也会
被吸引到
× 远方去

读者对于我的笔记也许已经感到厌倦了，我赶快安慰他，约定限于已经发表的几篇为止，但是在向他告别的时候，不能不略谈几句关于打猎的话。

带了枪和狗去打猎，就本身而论，即从前所谓的"fur sich"（德语，意为"为你自己"），是一件绝妙的事；纵然你并不生来就是猎人，但你总是爱好自然和自由的，因此你也就不能不羡慕我们猎人……请听我讲吧。

例如，春天黎明以前乘车出游时的快感，你知道吗？你走到台阶上……深灰色的天空中有几处闪耀着星星;滋润的风时时像微波一般飘过来;听得见夜的隐秘而模糊的私语声;阴暗的树木发出微弱的喧噪声。仆人把地毯铺在马车上了,把装茶炊的箱子放在踏脚的地方了。两匹副马畏缩着身子,打着响鼻,优雅地替换着蹄子站在那里;一对刚睡醒的白鹅静悄悄、慢吞吞地穿过道路去。在篱笆后面的花园里,看守人安闲地在那里打鼾;每一个声音都仿佛停滞在凝结的空气中。于是你坐上车;马儿一齐举步,马车发出隆隆的声音……你乘着马车,经过教堂,下山向右转,驶过堤坝……池塘上刚开始升起烟雾。你觉得有点冷,就用大衣领子遮住了脸;你打瞌睡了。马蹄踏在水洼里发出很响的声音;马车夫吹着口哨。但是这时候你已经走了约莫四俄里[1]……天边发红了;寒鸦在白桦树林中醒过来,笨拙地飞来飞去;麻雀在暗沉沉的禾堆周围叽叽喳喳地叫。空气清朗了,道路看得更加清楚了,天色明净起来,云发白了,田野显出绿色。农舍里点着松明,发出红色的火光,大门里面传出瞌睡朦胧的说话声。这期间朝霞发红了;已经有金黄色的光带扩展在天空中,山谷里缭绕地升起一团团烟雾来,云雀嘹亮地歌唱着,

---

[1] 1俄里≈1.07千米。

黎明前的风吹出了……于是，徐徐地浮出深红色的太阳来。阳光像流水一般迸出，你的心像鸟儿一般振奋起来。一切都新鲜、愉快而可爱！四周、远处都看得清楚了。小树林后面有一个村庄；再过去些还有一个村庄，村里有一座白色的礼拜堂；山上有一片白桦树林；这树林后面是一片沼地，就是你要去的地方……快跑，马儿，快跑！跨着大步向前进……一共只有三俄里了。太阳很快地升起来；天空明净……今天天气一定很出色。一群家畜从村子里向我们迎面而来。你的车子登上山顶……风景多么好！河流蜿蜒十俄里的光景，在雾色中隐隐地发蓝；河那边是大片的、水汪汪的青草地；草地那边有几片平坦的丘陵；远处有几只田凫在沼地上空飞鸣；通过散布在空气中的滋润的阳光，远处的景物显得很清楚……不像夏天那样。呼吸多么自由，四肢动作多么爽快，全身被春天的清新气息笼罩着，感到多么壮健……

夏天七月里的早晨！除了猎人之外，有谁曾经体会到黎明时候在灌木丛中散步的乐趣呢？你的脚印在白露沾湿的草上留下绿色的痕迹。你用手拨开濡湿的树枝，夜里蕴蓄的一股暖气立刻向你袭来；空气中到处充满着苦艾的新鲜苦味、荞麦和三叶草的甘香；远处有一片茂密的橡树林，在阳光底下发出闪闪的红光;天气还凉爽,但是已经觉得炎热逼近了。过多的芬芳之气使得你头晕目眩。灌木丛没有尽头……只是远处某些地方有一片片黄澄澄的成熟了的黑麦,一条条狭长的粉红色的荞麦田。这时候一辆马车轧轧地响起;一个农人缓步走来,把他的马预先牵到阴凉的地方去……你同他打个招呼,就走开了;你后面传来镰刀响亮的铿锵声。太阳越升越高,草立刻干燥了,天气炎热起来。过了一个钟头,又一个钟头……天边黑暗起来;静止的空气中发散出火辣辣的热气。

"老兄,这里什么地方可以弄点水喝?"你问一个割草的人。

"那边山谷里有一口井。"

你穿过缠着蔓草的茂密的榛树丛,走到山谷底下。果然,断崖的下面隐藏着泉水;橡树的掌形枝叶贪婪地铺张在水面上;银色的大水泡摇摇摆摆地从长满细致柔滑的青苔的水底上升起来。你投身到地上,喝饱了水,但是懒得再动了。你现在正在阴凉的地方,呼吸着芬芳的湿气,你觉得很舒服,可是你对面的丛林晒得火辣辣的,在阳光底下仿佛颜色发黄了。然而这是什么呀？风突然吹来，又疾驰而去；四周的空气颤动了一下：这不是雷声吗？你从山谷里走出来……天边的一片铅色是什么？是不是暑气浓密起来了？是不是乌云涌过来了……但是，这时候电光微微地一闪……啊，原来是暴风雨要来了：它前面的一边像衣袖一般伸展开来，像穹隆似的笼罩着。顷刻之间，草木全部黑暗了……赶快跑！那边好像有一间干草棚……赶快跑……你跑到那里，走了进去……雨多么大！闪电多么亮啊！有些地方，水通过了草屋顶滴在芳香的干草上……但是，瞧，太阳又出来了。暴风雨过去了，你走出来。我的天啊，四周一切多么愉快地发出光辉，空气多么清新澄澈，草莓和蘑菇多么芬芳……

但是现在黄昏来临了。晚霞像火焰一般燃烧，遮掩了半个天空。太阳就要落山了。附近的空气似乎特别清澈，像玻璃一样；远处笼罩着一片柔和的雾气，很温暖的样子；鲜红的光辉随着露水落在不久前还充满金色光线的林中旷地上；树林、丛林和高高的干草垛上，都投射出长长的影子来……太阳落山了；一颗星在落日的火海里发出颤抖的闪光来……这火海渐渐泛白了；天空发青了；一个个的影子逐渐消失，空气中充满了烟雾。现在该回去了，回到你过夜的村中的农舍里去了。你背上枪，不顾疲倦，迅速地走着……这期间黑夜来临了；二十步之外已经看不见了；狗在黑暗中微微地显出白色。在那片黑压压的丛林上，天际模糊地发亮……这是什么？火灾吗……不是，这是月亮升起来了。下面靠右边，村子里的灯火已经在闪耀了……终于到达了你的屋子。你从窗子里可以看到铺着白桌布的餐桌、焰焰的蜡烛、晚餐……

有时你吩咐仆人套上竞走马车，到树林里去猎松鸡。车子在两旁长着又高又密的黑麦的狭路上经过，是很愉快的事。麦穗轻轻地打你的脸，矢车菊绊住你的脚，四周有鹌鹑叫着，马儿懒洋洋地跑着大步子。树林到了。阴暗而寂静。体态匀称的白杨树高高地在你上面簌簌作响；白桦树下垂的长枝微微颤动；一棵强壮的橡树像战士一般站在一棵优雅的菩提树旁边。你的车子在长满绿草的、阴影斑驳的小路上行驶着；黄色的大苍蝇一动不动地在金黄色的空气中逗留了一会儿，突然飞去；小蚊蚋成群地盘旋着，在阴暗的地方发亮，在太阳光里发黑；鸟儿安闲地歌唱着。知更鸟的金嗓子欢愉地发出天真烂漫的絮絮叨叨声，这声音同铃兰的香气很调和。再走远去，再走远去，去到树林的深处……树林丛密起来……心中感觉到说不出的沉寂；四周也都充满睡意，悄然无声。但是忽然一阵风吹来了，树梢哗哗地响起来，仿佛翻落的波浪。有些地方，从去年褐色的落叶中间生出很高的草来；蘑菇各自戴着自己的帽子站着。雪兔突然跳出，狗高声吠叫着急起直追……

同是这片树林，当晚秋山鹬飞来的时候，显得多么美好啊！山鹬不停在树林深处，必须到树林边上去找它们。没有风、没有太阳、没有光亮、没有阴影、没有动作、没有声音；柔和的空气中弥漫着秋天的像葡萄酒似的香气；远处黄澄澄的田野上笼罩着一层淡薄的雾。光秃秃的褐色树枝中间，露出宁静而洁白的天空，菩提树上有几处挂着最后几片金色的叶子。两脚踏在潮湿的土地上觉得有弹性；高高的干燥的草一动也不动；长长的蛛丝在苍白的草上闪闪发光。呼吸舒畅，可是心里感到一种异样的惊悸。你沿着树林边缘走去，一路照看着你的狗，这期间可爱的形象、可爱的人——死了的和活着的——都回忆起来了，久已睡着了的印象蓦地苏醒过来；想象力像鸟一般翱翔，一切都清晰地出现在眼前并活动起来了。心有时突然颤抖地跳动着，热情地向前突进，有时一去不回地沉没在回忆中了。全部生活就像一个手卷似的轻快迅速地打开来；人在这时候掌握了他的全部往事、全部感情、全部力量、全部灵魂。四周没有一样东西来妨碍他——既没有太阳，也没有风，又没有声音……

在秋天，早晨严寒而白天明朗微寒的日子里，那时候白桦树仿佛神话里的树木一般全部化作金黄色，优美地显出在淡蓝色的天空中；那时候低斜的太阳照在身上不再感到温暖，但是比夏天的太阳更加光辉灿烂；小小的白杨树林全部光明透彻，仿佛它认为光秃秃地站着是愉快而轻松的；霜花还在山谷底上发白，清风徐徐地吹动，追赶着卷曲的落叶；那时候河里欢腾地奔流着青色的波浪，一起一伏地载送着逍遥自在的鹅和鸭；远处有一座半掩着柳树的磨坊轧轧地响着，鸽子在它的上空迅速地盘着圈子，在明亮的空气中斑斑驳驳地闪耀着……

夏天烟雾弥漫的日子也很美好，虽然猎人不喜欢这种日子。在这些日子里不能打枪，因为鸟儿从你的脚边拍翅飞起，立刻消失在白茫茫的凝滞的烟雾中了。然而四周多么静寂，静寂得难以形容！一切都觉醒了，然而一切都默不作声。你经过一棵树旁边，它一动也不动，正在悠然自得。通过均匀地散布在空气中的薄雾，在你前面显出一道长长的黑影。你以为这是近处的树林；你走过去，这树林就变成了长在田界上的一排高高的苦艾。在你的上空，在你的四周，到处都是雾……可是这时候风轻轻地吹出了，一块淡蓝色的天空通过了稀薄如烟的雾气而显现出来，金黄色的阳光突然侵入，照射成一条长长的光带，落到田野上，钻进树林里——接着，一切又都被遮蔽起来。这斗争持续了很久，但是光明终于胜利，被太阳照暖了的最后一阵阵烟雾时而凝集起来，铺展得平平的，时而盘旋缭绕，消失在发着柔和的光辉的、蔚蓝色的高空中，这一天就变成壮丽无比的晴明天气了。

　　现在你要出发到远离庄园的草原上去行猎了。你的车子在乡间土道上行驶了大约十俄里，终于来到了大道上。你经过无数的货车旁边，经过几家大门敞开的旅店旁边，望见里面有一口井，屋檐下还有茶炊吱吱地沸腾着；你的车子从一个村庄开到另一个村庄，穿过一望无际的原野，沿着绿色的大麻田，长久地行驶着。喜鹊从一棵柳树飞到另一棵柳树；农妇们手里拿着长长的草耙，正在田野里慢慢地走；一个行路人穿着一件破旧的粗布外套，肩上背着一只行囊，拖着疲劳的步子行走着；地主家笨重的轿形马车上套着六匹高大而疲乏的马，向你迎面而来。车窗里露出垫子的角；一个穿大衣的侍仆扶着绳子,横着身子,坐在马车后面的脚镫上的一只蒲包上,泥污一直溅到眉毛上。现在你来到了一个小县城里,这里有木造的歪斜的小屋子、无穷尽的栅栏、不住人的石造商店、深谷上的古老的桥……再走远去,再走远去……来到了草原地带。你从山上眺望,风景多么好!一个个全部耕种过的圆圆低低的丘陵,像巨浪一般起伏着;长满灌木丛的溪谷蜿蜒在丘陵中间;一片片小小的丛林像椭圆形的岛屿一般散布着;狭窄的小径从一个村庄通到另一个村庄;各处有白色的礼拜堂;柳丛中间透出一条亮闪闪的小河,有四个地方筑着堤坝;远处原野中有一行野雁并列地站着;在一个小池塘上,有一所古老的地主邸宅,附有一些杂用房屋、一个果园和一个打谷场。然而你的车子继续向前行驶。丘陵越来越小了,树木几乎看不见了。终于,你来到了一片茫无际涯的草原上……

在冬天的日子里,你在高高的雪堆上追逐兔子,呼吸严寒刺骨的空气,柔软的雪的耀目而细碎的闪光,使你的眼睛不由自主地要眯拢来,你欣赏着红澄澄的树林上面的青天,这一切多么可爱啊!在早春的日子里,当四周一切都发出闪光而逐渐崩裂的时候,通过融解的雪的浓重的水汽,已经闻得出温暖的土地的气息；在雪融化了的地方，在斜射的太阳光底下，云雀天真烂漫地歌唱着，急流发出愉快的喧哗声和咆哮声，从一个溪谷奔向另一个溪谷……

但是现在应该结束了。我正好又讲到了春天：在春天容易别离，在春天，幸福的人也会被吸引到远方去……

雾

（俄）蒲宁／文 戴骢／译

今天是我们航海的第二天。拂晓时，我们遇到了大雾，雾湮没了地平线，似烟笼一般遮蔽了桅杆，徐徐地在我们四围弥漫开去，同灰蒙蒙的海和灰蒙蒙的天融成了一体。虽说还是冬季，可连日来天气一直暖和得出奇。高加索山脉上的积雪已开始融化，海洋也已吐出开春时节的大量水汽。在混沌初开的破晓时分，轮机突然停了，旅客被这突如其来的停车，被警笛声和甲板上杂沓的脚步声惊醒了，一个个睡眼惺忪、冻得瑟瑟发抖、惊惶不安地聚集到舱面室来，七嘴八舌地议论着。一缕缕的雾，活像一绺绺灰白的头发，晃晃悠悠地贴着轮船飘忽而过。

我记得，起初这引起了极大的惊恐。舾楼上几乎一刻不停地敲着信号钟。烟囱喘着粗气，迸发出令人胆寒的吼声；大家都呆若木鸡地望着越来越浓重的雾。雾忽而扩散，忽而收缩，像滚滚的浓烟似的飘来浮去。有时，迷雾把轮船团团裹住，以致我们相互都觉得对方好似在昏天黑地之中移动的幽灵。这种阴森森的景象，使人觉得仿佛置身在秋日萧瑟的黄昏，阴湿的寒气冻得你直打哆嗦，自己也感到脸都发青了。后来，雾略略散开了些，浓淡也均匀了些，也就是说，不再那么杀机四伏了。轮船又开动了，然而行驶得非常胆怯，连轮机转动引起的颤抖也几乎是无声的，船上不停地敲响着信号钟，离海岸越来越远，径直朝着南方驶去。那边，真正的夜色，那像阴郁的黑页岩一般重浊的颜色，已泼满浓雾弥漫的天际。使人觉得，在那边，两步之外就是世界的尽头了，再过去便是叫人战栗的广袤的荒漠。打横桁上、门檐上、缆索上落下一滴滴水珠。从烟囱里飞出来的湿漉漉的煤粒，像黑雨一般下到烟囱的四周。真想看看清楚在那阴森森的远方有些什么东西，哪怕看到一件东西也好，然而雾包围着我，它就像梦,使听觉和视觉都迟钝了。轮船好似一艘飞艇,眼前是灰蒙蒙的混沌世界,睫毛上挂着冰冷的如蛛丝一般的水汽,在离我不远的地方,有个水手一边抽烟,一边咬着又湿又咸的小胡子,我有时觉得他仿佛是梦中的人……到傍晚六点钟的时候,我们又都走出了舱房。

桅杆上那盏电灯突然透过迷雾射出了亮光,远远望去,活像是人的一只眼睛。从又粗又短的烟囱里庄严地喷出一团团黑烟,低低地悬在空中。舻楼上,毫无必要地单调地敲响着信号钟,不知在哪里,"强音雾笛"正在阴森森地、凄厉地鸣叫……也许实际上并没有什么强音雾笛,这只是由于紧张过度而造成的听觉上的错觉。在漫无涯际的神秘的雾海之中,耳朵往往会觉得有什么东西在鸣响……晦暗溟蒙的雾越来越阴郁了。在高处它同苍茫的天空融合在一起,在低处则在轮船的四周踟蹰,几乎都要贴到在船的两侧轻微拍溅着的海水。冬日漫漫的长夜降临了。忧悒的白昼害得大家无时无刻不在等待海难,人人都因此而精疲力竭了。为了补偿白天所受的惊吓,乘客和水手一起挤在饭厅里。轮船外已是伸手不见五指的黑夜,可是轮船内,我们这个小小的世界里明亮、热闹、人头攒动。人们打扑克,饮茶,喝酒,侍者川流不息地在酒柜和饭桌间来来去去，乒乒乓乓地开着瓶塞。我躺在下边的卧舱里，听着头顶上杂沓的脚步声。不知是谁弹起了钢琴，奏出了一支旋律忧伤得有点做作的流行的华尔兹舞曲，于是我也想跟大伙儿一起去热闹热闹，便穿好衣服，走出了卧舱。

那天晚上，所有的人大概都很愉快。至少我觉得是这样，我们很高兴可以如此无忧无虑地度过今宵。大家都把迷雾和危险抛之脑后，尽情地跳着舞，唱着歌，眼睛炯炯放光。后来，大家终于累了，想去睡觉了……于是宽大、闷热、空气混浊、灯光已亮得有点病态的饭厅内，人终于渐渐走空。半小时后，那儿就像船上绝大多数地方一样，已经一片漆黑。间或从甲板上传来当当的钟声，在万籁俱寂的时刻，这钟声听来非常恐怖。后来钟声也越来越稀疏，越来越稀疏了……万物仿佛都已死去。

我沿着走廊，走到了下甲板，在舱面室里背靠着冰凉的大理石墙，坐了一会儿……突然，连舱面室的电灯也熄了，我顿时成了瞎子。我在心里哼着这天晚上人们唱的歌曲和弹奏的乐曲，摸黑走到梯子跟前，踏着梯级，朝上甲板走去，可才走了几级，脚就不由得停下了，月夜的美丽和忧伤震慑了我。

啊，这是个多么奇异的夜晚呀！时光已经很晚，大概不消多久便要拂晓。就在我们刚才唱歌、喝酒、嘻嘻哈哈地讲着废话的当儿，在这里。在这个我们所不理解的，由太空、迷雾和海洋汇成的世界中，那温柔、孤单、始终郁郁寡欢的月亮冉冉地升了起来，让幽深的子夜笼罩万物……就跟五千年前，一万年前一模一样……雾紧紧地箍住我们，叫人看着就毛骨悚然。在迷雾中央，就像某个神秘的魅影那样，残夜的一轮黄澄澄的月亮一面向南方坠落，一面呆呆地停滞在苍白的夜幕上，好似人的眼睛，从光晕构成的向四周远远扩散开去的巨大的眼眶中俯视着人间，为轮船照出一个圆圆的深邃的孔道。这圆形孔道中具有某种《启示录》式的东西……同时，某种不属人间的、永远沉默的奥秘存在于这坟墓般的岑寂中，存在于今天的整个长夜中，存在于轮船中，存在于月亮中，此刻月亮正近得惊人地紧挨着海面，以惆怅而又冷漠的表情直视着我的脸庞。

我慢慢地走完梯子最上边的几级，倚身在栏杆上。整条轮船都在我的脚下了。戳出在船体外的木头舷桥上和甲板上，东一摊西一摊长长的水迹，闪烁出昏暗的光，这是浓雾的残痕。栏杆、缆索和长凳投下像蛛丝一般轻盈的烟色的阴影。轮船、烟囱和轮机都显示出它们的中央是极其沉重的，是十分稳固的，而一根根栏杆则高耸入云，在那里晃动。但是整条轮船仍然给人以轻盈感，活像一个化作轮船的匀称有致的幽灵，驻足在苍白的月光掀开一线雾幕而露出的孔道上。海水低低地卧在右舷外，平坦得几无一丝波纹。它，那海水，神秘地、悄无声息摇晃着，流入盈满月光的似轻烟一般的迷雾之中，闪烁出粼粼的波光，活像无数忽隐忽现的金蛇。可是这闪光在离我二十步外就渐渐消失，再远些只能隐隐约约地看到了，变得就像是失去了光泽的死人的眼睛。我举目仰望，重又觉得这轮月亮是某个神秘的魅影所变幻成的苍白的形象，而这无边的寂静则是一种奥秘，这种奥秘有一部分是我们永无可能认识，永无可能索解的……

　　蓦地，舱楼上响起了信号钟。钟声悲凉，一阵紧接着一阵，打破了深夜的寂静，就在同时，从前方传来了忙乱的喧声和话语声。刹那间，我预感到即将发生什么危险，便睁大眼睛，紧盯着昏暗的雾，突然，一盏血红的信号灯好似一颗巨大的红宝石，在迷雾中越升越高，迅速地向我们移近。在信号灯下，一排灯火通明的舷窗像是一长串晦暗的金色斑点，一面在水汽中模糊开去，一面向我们飘近，而明轮转动的喧声，起初像是越来越近的瀑布倾泻而下的哗哗声，后来已可以听出叶片飞速转动的声音，可以分辨出海水卷入叶片和洒落下来的声音。我们船上值更的水手，像所有从梦中突然惊醒过来的人那样，一副慌里慌张的样子，机械地、不按章法地敲着信号钟，烟囱随即沉重地喘了口粗气，竭尽全力鸣响了阴郁的汽笛，震撼了轮船的整个骨架。从雾中传来了回答，很像火车头拉响的汽笛声，但这声响亮的汽笛很快就消失在迷雾中了，此后，连明轮的喧声和红色的信号灯也慢慢地消融在雾中了。刚才与我们交会的那艘轮船的喧声和汽笛声中，有着某种气势汹汹的寻衅的味道，大概那艘轮船的船长是个刚愎自用、目空一切的年轻人——然而，面对这样的长夜，凡间的勇敢又算得了什么呢！

"我们在哪儿？"我忽然想道。值更的水手们大概又都在打瞌睡了，乘客也全都坠入了黑甜乡。大雾使我心神不定……我想象不出，我们此刻身在何处，因为黑海的这一带我过去从未来过……我不理解这天夜里那种沉默的奥秘，一如我不理解生活中的一切。我是孤独的，孑然一身，我不知道我为什么要活在这个世界上。不知道为什么要有这样一个奇异的夜，也不知道为什么这艘睡意蒙眬的轮船要漂浮在这睡意蒙眬的海上？而最主要的是我不知道为什么这一切不是一目了然，而是充满着某种深奥、神秘的含义？

我被这岑寂的夜，被世上所从未有过的这种岑寂迷住了，我完全听命于这岑寂的主宰。有一瞬间，我恍惚听到在极远极远的地方，有只雄鸡在喔喔啼唱……我不由得笑了。"这是不可能的。"我想着，心情愉快得难以理解；此刻我觉得我以往生活中的一切都是那么渺小，那么乏味！要是这会儿我看到凌波仙子飞升到月亮上，也不会感到惊奇的……我不会感到惊奇，哪怕看到落水的女鬼浮出水面，坐到放下来的救生艇上，紧挨着客舱的舷窗，周身染满苍白的月色……此刻，月亮正直视着这些圆圆的舷窗，用行将熄灭的光华照亮沉睡着的人的脸，而他们睡在那里，则像一个个死人……要不要叫醒什么人？不，何必呢！此刻我不需要任何人，任何人也不需要我，我们相互间是格格不入的……

那种永远摆脱不了的巨大的忧伤反使我的心绪变得难以言说的宁静，这种宁静主宰了我。我思索着常常吸引着我的那些事：思索着地球上的一切生物，思索着古代的人类，这轮月亮曾看到过他们所有人,但是在月亮眼里,他们大概都是渺小的,彼此长得一模一样,以致月亮都没有发觉他们在地球上消失了。但是此刻我觉得他们与我也格格不入,因为我没有产生经常产生的那种强烈的渴望:渴望去经受他们的种种经历,渴望同亿万斯年之前生活过、恋爱过、痛苦过、欢乐过,然后匆匆逝去,没有留下一丝痕迹地消失在时光和世纪的黑暗之中的人融成了一体。然而有一点我是深信不疑的——这便是存在着某种比遥远的古代更崇高的东西……也许,这东西就是今夜默默地蕴藏着的那种奥秘吧。我第一次想到,也许正是人们通常称之为死亡的那件伟大的事,在今夜凝视着我的脸,我第一次如此宁静地迎候它,并且像人们应当理解它那样地理解了它。早晨,当我睁开眼睛时,我感到轮船正在全速行驶,感到从好几扇打开的舷窗内拂来的海滨的微风。我从铺位上跳了下来,周身重又充满一种下意识的对生活的乐观感。我迅速地洗漱完毕,穿好衣服。轮船的走廊里响起了响亮的铃声,召唤大家去用早餐,于是我打开卧舱的大门,兴冲冲地用擦得乌黑锃亮的皮靴,橐橐地踩着梯子,向上登去。后来我笑盈盈地坐在甲板上,为我们必定会经历的一切,向上苍表示一种孩童式的真挚的感激。我觉得之所以要有黑夜,之所以要有迷雾,是为了让我更爱、更珍惜早晨。而早晨是柔和的,阳光明媚的,如绿松石一般春光曼丽的天空高悬在轮船上边,海水则轻盈地拍打着船舷,奔流而去。

断崖

（日）德富芦花／文　陈德文／译

（一）

从某小祠到某渔村有一条小道，道上有一处断崖。其间二百多丈长的羊肠小径，从绝壁边通过，上是悬崖，下是大海。行人稍有一步之差，便会从数十丈高的绝壁翻落到海里，被海里的岩石撞碎头颅，被乱如女鬼头发的海藻缠住手脚。身子一旦坠入冰冷的深潭，就会浑身麻木，默默死去，无人知晓。

断崖，断崖，人生处处多断崖！

（二）

某年某月某日，有两个人站在这绝壁的小道上。

后边的是"我"，前边的是"他"。他是我的朋友，总角之友——也是我的敌人，不共戴天的仇敌。

他和我同乡，生于同年同月，共荡一只秋千，共读一所小学，共同争夺一位少女。

起初是朋友，更是兄弟，不，比兄弟还亲。而今变成了仇敌——不共戴天的仇敌。

"他"成功了，"我"失败了。

赛马中同样的马，从同一个起跑线上出发，是因为马力不同吗？一旦奔跑起来，那匹马落后了，这匹马领先了。有的偏离跑道，越出范围；有的摔倒在地。真正平安无事跑到前头，获得优胜的是极少数。人生也是这样。

在人生的赛马场上，"他"成功了，"我"失败了。

他踏着坦荡的路，获取了现今的地位。他家资丰殷富足，他的父母疼爱他。他从小学经初中、高中、大学，考取了研究生，又取得了博士学位。他有了地位，有了官职，聚敛了那么多财富。而财富往往能使人赢得难以到手的名誉。

当"他"沿着成功的阶梯攀登的时候,我却顺着失败的阶梯向下滑。家中的财富也在日渐减少,父母不久也相继去世。未到十三岁,就只得独立生活。然而,我有一个不朽的欲念,我要努力奋斗,自强不息。可是正当我临近毕业的时候,剥蚀我生命的肺病突然袭上身来。一位好心的外国人,可怜我的病体,在他回国的时候,把我带到那个气候暖和、空气清新的国家去了,病状逐渐减轻,我在这位恩人的监督下,备功课打算报考大学,谁知恩人却突然得急症死了。于是我孑然一身漂泊异乡。我屈身去做用人,为了钱想寻个求学的地方,这时,病又犯了,只得返回故国。在走投无路、欲死未死的当儿,又找到了一条活路。我做了一名翻译,跟着一位外国人,来到了海边浴场,同二十年前的"他"相遇了。

二十年前,我们俩在小学校的大门前分手,二十年后再度相逢。他成了一位地位显赫的要人,而我还是一名半死不活的翻译。二十年的岁月把他捧上成功的宝座,把我推进失败的深渊。

我能心悦诚服吗?

成功能把一切变成金钱。失败者低垂的头颅遭尽蹂躏,胜者的一举一动都被称为美德。"他"以未曾忘记故旧自诩,对我以"你"相称,谈起往事乐呵呵的,一提到新鲜事儿,就说一声"对不起",但是他显得洋洋自得,满脸挂着轻蔑的神色。

我能心悦诚服吗?

我被邀请去参观他的避暑居。他儿女双全,夫人出来行礼,长得如花似玉。谁能想到这就是我同"他"当年争夺的那位少女。

我能心悦诚服吗?

不幸虽是命中注定,但背负着不幸的包袱是容易的吗?不实现志愿决不止息。未成家,未成名,孤影飘零,将半死不活的身子寄于人世,即使是命中注定,也不甘休。然而现在"我"前边站着"他"。我记得过去的"他",并且看到"他"正嘲笑如今的"我"。我使自己背上了包袱,他在嘲笑这样的包袱。怒骂可以忍受,冷笑无法忍受。天在对我冷笑,"他"在对我冷笑。

不是说天是有情的吗?我心中怎能不愤怒呢?

（三）

某月某日，"他"和"我"站在绝壁的道路上。

他在前，我在后，相距只有两步。他在饶舌，我在沉默。他甩着肥胖的肩膀走着，我拖着枯瘦的身体一步一步地喘息，咳嗽。

我的眼睛不由自主地向绝壁下边张望。断崖十仞，碧潭百尺。只要动一下手指头，壁上的"人"就会化作潭底的"鬼"。

我掉转头，眼睛依然望着潭下。我终于冷笑了，瞧着他那宽阔的背，一直凝视着，一直冷笑着。突然，一阵响动。一声惊叫进入我的耳孔，他的身子已经滑下崖头。为了不使自己坠落下去他拼命抓住一根茅草。手虽然抓住了茅草，身子却悬在半空中。

"你！"

就在这一秒内，他那苍白的脸上，骤然掠过恐怖、失望和哀怨之情。

就在这一秒之内，我站在绝壁之上，心中顿时涌起过去和未来复仇的快感、怜悯。各种复杂的情绪在心中搏击着。

我俯视着他，伫立不动。

"你！"他哀叫着拽着那茅草。茅草发出沙沙的响声，眼看就要拔出来了。

刹那间，我趴在绝壁的小道上顾不得病弱的身子，鼓足力气把他拖了上来。

我面红耳赤，他脸色苍白。一分钟后，我们俩相向站在绝壁之上。

他怅然若失得站了片刻，伸出血淋淋的手同我相握。我缩回手来，抚摩了一下剧烈跳动的胸口，站起身来，又瞧了瞧颤抖的手。

得救的，是他，不是我吗？

我再一次凝视自己的手。手上没有任何污点。

（四）

翌日，我独自站在绝壁的道路上，感谢上天，是它搭救了我。

断崖十仞，碧潭百尺。

啊！昨天我曾经站在这座断崖之上吗？这难道就不是我一生的断崖吗？

我在百花间忘掉果实，而把空谈留给冬天

（法）安德烈·纪德/文 罗国林/译

　　从前（我说的是我年轻的时候），情况可不是这样。

　　那时，我们不会容忍冬天假装退场，然后当一切已布置停当，准备把新的明媚春色搬上舞台时，它突然卷土重来，重新登台。在我年轻的时候，冬去春来，人人心中有数。兰波就能够写道："欧夏莉告诉我，春天到了。"这之后，就再也不需要生暖气了。不像如今，演员连自己扮演什么角色都弄不清，结果就乱演一气。十年或十五年以来，春天就没有成功地出过场。大家眼巴巴盼望开演，可是什么也没准备好。

刺骨的寒风从娇嫩的新叶上刮过。果树花开得太早，它们等待天空接台词，等待和煦的微风，却空等了一场；蜜蜂都被冻僵了，授粉因此受到影响。人们嘀咕道："看来推迟了。"于是又陷入了沉思，默想，或重新埋头读书。可是，不管怎么说，戏已经开演。人们从书本上抬起眼睛向外望去，却遗憾地看到，性急的植物只顾演它自己的，对整个戏班子里其他人姗姗来迟，还没登台，似乎并不怎么在意。

在我年轻的时候，冬天是倒退着离去的，一步一步地让出自己的位置。它终于说完了最后一句台词。太阳是可以信赖的，植物的汁液可以放心地上升，饱满的花蕾可以放心地绽放。如果说，春天来迟一点我们还可以接受，那么它这样犹犹豫豫，在与严冬的搏斗中丧失了自己的从容和妩媚，变得都叫人认不出来了，这令我们实在无法接受。一看这阵势，我就知道今年又要发生什么情况了：夏天像紧贴在冬天屁股后头来到了。

至少今年，我在回巴黎去领略那料峭的北风和愁容不展的天空之前，先让奥林波斯山那美丽的废墟半掩在花丛里了。我恋恋不舍地离开希腊，穿过南斯拉夫，心情异常兴奋，一路观赏一丛丛的野丁香，各种各样的果树，诸如樱桃树和梨树。它们在风中摇曳，显得那样天真烂漫，这里那里间杂一棵妖艳的桃树，全都比我记忆中它们应有的模样美得多。水边还生长着一种黄色的花，一朵朵特别大，形状像阿福花，我还不认得，真想知道它的名字。

春天的形象是由许多回忆叠印形成的。对我来讲，过去的回忆，现在又加上了雅典那些优美无比的公园留下的印象：儒岱公园里的一条小径，两边的绿树搭成一条拱形长廊，还有一块宽阔的空地，整个儿覆盖在芬芳的紫藤花下，四周有不少长凳。许多清闲无事的人，来这里坐上个把钟头，谛听鸟儿歌唱，把阿尔巴尼亚被占领的现实忘到脑后。

我不记得自己小时候对春天是否很敏感。我想，在小孩子眼里什么都是新鲜的，因此奇迹也就不会使他们格外吃惊。人生的春天是伴随着少年时期的到来而开始的。当心里充满朦胧的爱情，同时抱着保持贞洁的决心，而肉体产生阵阵骚动不安的欲望时——只有这时，人才明白奇迹般的春天到来了，禁不住独自暗暗体味。是的，要对春天敏感，就得有某种默契，自己也得投入进去。这时，黎明时分听见乌鸫啼啭，少年突然战栗了一下（那时我与母亲住在科马耶街，我的卧室窗外是一个幽深的花园）。他听见自己的秘密突突直跳，心想这一下可泄露了，不禁双颊绯红，过了一会儿才放下心来：全城还在梦乡中呢，只有他自己一个人听见了，这仅仅是乌鸦和他之间的事情。及至成年男子醒来时，就听不见鸟儿啼啭了。

（那之后不久，我去卡尔瓦多斯度复活节假期……）凡是不曾在黎明之前起身的人，对春天里带着瑟瑟的颤抖、模糊的沙沙声和絮语溜进荆棘丛的东西，都一无所知。兴奋的少年受到莫名的骚动折磨，离开暖和的床铺，去寻觅秘密的钥匙。这时，东方的天边现出了鱼肚白。他像一个越狱的囚犯，溜出自己的卧室，在尚且黑乎乎的走廊里摸索前进，蹑手蹑脚地走下楼梯，小心翼翼地避开一踩就会吱嘎响的梯级，生怕把母亲惊醒。他拔掉门闩，打开大门，就到了辽阔的晨空底下，只身一人，欣喜若狂，手舞足蹈；他穿过庭院的脚步轻极了，脚下的沙砾几乎没有发出任何响声。他沿着林间小径，跑进林子，仰起头接受树枝上摇落下的朝露。他似乎与小动物串通好的，狍子见了他不逃走，松鼠躲到树后面和他闹着玩。他走到林子边缘，在湿漉漉的休闲地里，看见发情的公野兔和母野兔在嬉戏。他如痴如醉，抬头望一眼父母还未睡醒的住宅，听见远处响起了晨钟。

自那之后,我见过摩洛哥平原上开满橘黄色的金盏花、蓝色的旋花和争奇斗艳的其他许多花,真是万紫千红,美不胜收。在康塔拉的棕榈树下,我见过高高的棕榈枝叶之下,杏树繁花似雪,引来成群嗡嗡的蜜蜂,而杏树下是大麦田。我见过布利达赫公墓(咳!那地方现在成了一座兵营)遍地玫瑰盛开,它的圣林里鸟鸣啧啧。我在康复期间经常去那里,觉得整个大自然和我一样,终于摆脱了冬眠,正在苏醒。我见过伦巴第平原绽露最初的笑容,见过罗马和佛罗伦萨处处是鲜花……

几年前,我去阿尔卑斯山区高原上,想观看在阳光最初的爱抚下生命最初的悸动。可是我到得太早。光秃秃的草地上,融化的雪水形成了小小的湖泊,倒映着苍劲的冷杉和枯瘦的落叶松。一丛丛欧石楠,看上去只有等待死亡了。什么都没有准备好,大自然还在赌气呢。仿佛适值幕间休息,我处在正换布景的舞台上。这舞台上的东西被幕布挡住,等待锣响的观众看不见,却给我冒冒失失地闯上来看见了。那一丛丛去年的枯黄的蕨草,还带着冬天的潮湿没有吹干,令人不禁联想到正在搬家的房子里,地板上凌乱地扔着发霉的草垫子和脏兮兮的抹布;那种擦地板的拖布,我想是叫作粗麻布拖把吧。我回转身离开那里，想去更令人愉快的地方。刚离开那片死气沉沉的森林，爬上一座小丘，一块空地突然映入眼帘，还散布着大片未化的残雪，却有许多小小的番红花，洁白、柔软、娇嫩，迫不及待地要发表它们的意见，不顾自身的脆弱，从厚厚的、软绵绵的苔藓下冒了出来。我感动得直想流泪，因为在死亡的包围下重生对生命的热爱，是再感人不过的。同样，在荒凉的沙地里，淡紫色的、挺大株的列当也出乎意料地显示出令人信服的生命力。去年春天在奥林波斯山的废墟上也是这样。

记得……过了图古尔特之后，我们骑着马，行走了好长时间，越过一座座寸草不生的沙丘，向一座贫穷的村庄走去。那个村子里只有几座低矮的、沙子色的房屋，似乎对季节的交替无动于衷。村子中央是一所学校，全村为数不多的人，看来都过着十分悲惨的生活。他们大概都是一些隐修士，只与上帝保持着联系。一位隐修士把我们引进一个内院。院子里没有一点阴影、一丝凉风，但当间辛勤、仔细地培植着一株很娇弱的灌木，在季节的催促下，居然开了几朵花，尽管周围全是光秃秃的。我们指着那几朵芳香的花，引路人感动地露出了微笑，简单地说道："茉莉花！"我们顿时热泪盈眶。

　　是的，正是所有这些重叠的回忆，在我的头脑里形成了春天抽象的印象。也正是这一切，使我在初春到来之时，总是惴惴不安。我希望能够同时看到所有地方春回大地，所以我无论在什么地方，都感到不太自在，即使在世界上最美丽的花园里，抑或在库韦尔维尔我那座小小的花园里，那园中每朵花我都挺熟悉。一旦气温转暖，天空变得湛蓝，我就希望自己消失在整个大自然之中，被微风带走，无牵无挂，到处飘荡。咳！人永远只能在某个地方，只能是一个人！

　　春天是一个变化的季节，准备的季节，希望的季节。含苞待放的花蕾和盛开的花朵，欲望和占有，进步和完美，青年和中年，这一切我都喜欢前者。这并不是说夏天有什么令人失望的东西，但这是个达到顶峰的季节，不久就要开始走下坡路了。维克多·雨果说："夏天是窝巢的季节。"那么，春天则是爱情的季节。花如果不与茎连在一起，人一走近就会逃逸，就像昆虫和鸟儿一样，因为大地上的人的本能，至少在他还没有更好地明白自己的作用之前，就是妨碍和惊吓他不想为有用的目的去驯养的东西。人善于掌握一切对自己有用的东西。同时，为了物质方面的利益，唉！人也善于阻碍自己周围的一切东西获得快乐。人开辟的花园很美，而且可以变得更美。可是，人往往又去破坏它们，把它们弄得乱七八糟，完全失去了和谐。假如人能发挥创造精神，保护珍稀的东西——珍稀的东西几乎总是娇弱的，假如人能更尽心尽力地促成他人的快乐，而不是为了建立自己的支配地位，而牺牲他人的快乐，那么"世界的面貌"就可能焕然一新。

可是，每个春天为我们表现的这种追求快乐的热情，与充分成熟的夏天一样是骗人的。我们看到的得志者，它们与失败者、被淘汰者、没有获得幸福者比较起来，其数目始终是很小的。达尔文对这个战场做了触目惊心的描绘。这个战场就是每一小块土地，而在每一小块土地上，一切生物都必然相互竞争，为了生存、快乐和爱情，残忍地、绝望地相互斗争。在植物界，最强壮、适应性最强者，总是排斥和阻碍弱小者，抢夺它们为获得快乐而渴望得到的养料、空气和空间。我们如果不俯下身子去看，根本见不到那些弱小者，看到的都是胜利者。春天，整个大地似乎献给我们一首快乐的颂歌，这是因为我们一直对 Vae Victis（拉丁文，意为"失败者该死"）这个说法充耳不闻。即使在同一株植物上，在同一棵树上，有多少沉睡的叶芽永远不会苏醒，有多少花蕾永远不会绽放，有多少花朵永远不会受粉，或者它们试图吸取充足的汁液，却是徒劳，因为汁液被更贪婪、位置更优越的邻居吸去了。在我们的果园和花园里，园丁常常有意地促成这种悲剧，以便培养出更大朵的花，更大个的果，专横地扼杀了其他孪生兄弟姐妹的希望。

在动物界，我们所看到的都是那些幸福的伴侣，其他受排斥、受伤害者都躲藏起来了。某些种类的动物，例如昆虫，我们知道只有百分之一达到交配结合的年龄，其他动物则只有千分之一。有时，一个雄性甚至唯恐有失地独霸了一群雌性，其他雄性靠近就要倒霉；当然倒霉的也可能是独霸者。就种类之间而言，即使不是一个种类为了生存而牺牲另一个种类，它们之间也是通过残酷的竞争获得平衡的。这种平衡是经过不断的斗争，即为争夺生存空间和食物而不断进行的斗争获得的。幸福情景的实现，是建立在残疾者或弱小者几乎立即被消灭的基础之上的。大自然的行为就像大洋洲的某些部落一样。据说那些部落在某些节日期间，让病人和老人爬到一棵树上，然后摇晃那棵树。那些体力衰竭抓不牢的人，就成了牺牲品。这之后，远方来的游人所看到的这个部落，当然是欢乐、强壮的一群。

当然，要从这些情况引出什么教训，那是不谨慎的。况且，我并不是以醒世作家的身份在这里说教。我不是那种时时处处寻求、汲取教训，却并未因此而变得更明智的人。我也不是说下面这种话的人：

  我幻想夏天永远留驻。

  我觉得不如勉强将就现有的东西。我从交替变化中比从一成不变中获得更多的消遣和乐趣。赤道地区永恒的夏天令人遗憾，因为它妨碍大地回春。正如圣阿芒精彩地说的：

  在这些地方，
  橘子同一天成熟和发芽，
  一年到头不分秋冬春夏。

  因此，你永远不知道处在什么季节。我喜欢四季分明，不愿让不同类型的东西混淆不清。我在百花间忘掉果实，而把空谈留给冬天。

哀愁

（日）川端康成／文　叶渭渠／译

最近妻子开始学声乐，此刻还在客厅里放声歌唱。歌声移荡。她大概是一面扫除，一面歌唱吧。我有点惊讶，不由得想道：初学者唱到这般程度确是不错了。在妻子来说，这是美妙的歌声。年轻的女声之圆润甜美，确实让人听后心情舒畅……在舒畅之中，我醒过来了。歌声还继续传送过来。

过了片刻，我才知道原来不是妻子在歌唱。

我躺在床上呼唤家人，询问歌声是从家里的收音机还是邻居的留声机传送来的？妻子在茶室里答道："那是海滨浴场举办唱片欣赏会呐。"她还说："每天都在播放，你不知道吗？"我苦笑了，可心情依然十分舒畅。我又听了一会儿。不久，传来了一阵像往常那种腔调的流行歌声，使我为之扫兴，便起床了。

时过晌午了。

听到歌声的时候，我大概还是半醒半睡的状态吧。是歌声逐渐把我唤醒的。然而，我的脑子还在活动，觉得那歌声是从家中传来的。于是，我就做了妻子在学声乐的梦。

我是经常梦见妻子的。

另外，我习惯于伏案写作至凌晨四点，再躺在床上读上一两个小时的书，然后把挡雨板打开，让晨风吹拂进来，这样很快便入眠了。近来天气炎热，晌午醒来，觉得非常郁闷。

今天好歹听见歌声，心情舒畅，就起床了。仿佛泛起一种幸福感。我抱着幸福的舒畅心情，想起了自己难道不是幸福的人吗？

我的梦，作为音乐的梦，是极其幼稚的。就文学来说，不可能做这样的梦。我虽不时在做读书或写作的梦，可是醒过来后，常常对自己的梦感到惊愕。吴清源曾对我说：梦中想到很有意思的一手，醒来就试下了这一手。我在梦中写作,似乎比醒来在现实中写作更富有美感。因此,一觉醒来,颇感惊奇。自己感到慰藉,莫非自己内心还有可以汲取的源泉?同时自己也感到哀伤,归根结底自己基本上掌握不了人生的长河。诸如在梦中写作,本来就是荒诞无稽。但也不能断言就看不见裸体的灵魂在翱翔的丰姿,不用说,结集在生活里的悲惨和丑怪,甚至还纠缠在梦中。

就算我对音乐有点兴趣,但隐约听见海水浴场演奏的流行歌,也不感到舒畅。我不懂音乐。我到了这般年龄,曾有这样的思绪:莫非我这一生不懂得音乐的美就要了结?我也曾想过:为了熟悉音乐,哪怕付出任何代价也在所不惜。这句话有点夸张,不过由兴趣和爱好所体会到的美是有限度的。接触到一种美,也是命中的因缘。我渐渐痛切地感到:我短暂的一生,懂得的美是极其肤浅的。偶尔也寻思:一个艺术家一生所创造的美,究竟能达到什么限度呢?

比如,一个画商就是带来一幅画,倘使我感到是一种缘分,那就是幸福。然而我不能汲取这幅画的美,这是可悲的。这幅画也许会发问:究竟会不会喜逢某人能全部摄取自己所具的美呢?为这幅画设想,就会被一种不得要领的疑惑所捕捉。

当然，昂贵的名画是不会送到我们这里来的。再说，我也无缘邂逅满意的画。不过，在自己家里看到的画中，浦上玉堂和思琴的画给我留下了深刻的印象。两件都是小品，我没有买下来。

正如不懂音乐一样，我也不懂美术。我不认为自己不具备理解美术的素质和能力，只想把这归之为看到的佳作不多，自愧素养不够。但我在很久以前就发现自己这种不甘示弱的阴暗心理了。

就算没有达到姐妹艺术的程度，我的职业——文学领域实际上也是类似的。我自己懂得的、并心安理得地干的就只有小说一种。小说也由于时代和民族的不同，已经变得不易理解透彻了。谈到诗歌，就是对同一时代、同一国家的挚友的作品，也难以确切鉴赏，所以我没写过诗歌评论。如今回顾一下，小说是不是就可以普遍观察到了呢？这是一个疑问。所谓可以普遍观察，是任何人也无法办到的。就小说而言，只能说我的目光并不远大。

我年近五旬，做这番感叹，伴随而来的是一阵冰冷的恐怖感。

自然，我这种感叹并非始自今日。我认识到自己这种缺陷也已有相当年头，而且还找到了遁词。就是说，我从事艺术这行，就是不甚明了的事我也能使自己明白。也许我不知道，观察自然和人生往往是不甚明了的，这同艺术没有什么关系。于是，我渐渐懂得对事物不甚明了，本身就是一种幸福。

这种遁词当然十分幼稚，有点文过饰非。有时事情越明了就会变得越不明了，倘使这句话作为某人的一种说辞，那是有意义的。然而对于面对不明了而徘徊的我来说，这不过是一种遁词而已。我对不懂艺术并不感到幸福，可对不懂自然和人生感到幸福，这是事实。这种说法，恐怕也含有任意的飞跃吧，姑且把它作为一种事实好了。有时我对作为一个作家的这种不安和犹豫也感到是某种生活上的安定和满足，这也不能随便把他说成是丧失信心的弱音吧。

战争期间，尤其是战败以后，日本人没有能力感受真正的悲剧和不幸。我过去的这种想法现在变得更加强烈了。所谓没有能力感受，恐怕也就是没有能够感受的实体吧。

战败后，我一味回归到日本自古以来的悲哀之中。我不相信战后的世相和风俗，或许也不相信现实的东西。

我仿佛远离了近代小说的根基——写实，也许从来就是如此。

先前我读罢织田作之助的《土曜夫人》，试图修改拙作《虹》，发现它们有惊人的相似之处，甚是惊讶。这不就是同样的悲哀的源流吗？就《土曜夫人》来说，含有一种追逼自己的阴郁的力量。这是作者的多么悲哀的心曲啊！这种悲哀，同我悼念作者之死的悲哀合流在一起了。

战争期间，我常常在往返东京的电车上和灯火管制下的卧铺上，阅读从前的《湖月抄本源氏物语》。我这才想起，在昏暗的灯光下和摇晃的车厢里阅读小铅字，会弄坏眼睛。而且，那时多少也掺杂着对时势的反抗和讽刺。在横须贺线沿线的战争色彩日渐浓重的情况下，阅读古本线装的王朝恋爱故事，虽有点滑稽可笑，可是没有哪位乘客发觉我这种与时代龃龉的举动。有时候我甚至耍笑自己：万一途中遭到空袭受了伤，说不定这结实的日本纸对抑制伤痛会起点作用呢。

就这样，我把这部长篇小说读了差不多一半，即读到十三回的时候，日本投降了。但是，这种阅读《源氏物语》的妙法，给我留下了深刻的印象。我觉察自己常常在电车里读《源氏物语》而心旷神怡和陶醉时，不免有点震惊。那时节，战争受害者和疏散者都带着行李上车，车上笼上一种惧怕空袭的气氛，和不规则地流动着一股焦臭的气味。单是这种电车和自我的不协调，就让我愕然了。然而使我更惊愕的是：上千年前的文学和自己却是如此融洽无间。

我早在中学时代就开始读点《源氏物语》，我想，它给我留下了影响。之后也断断续续地读过，却没有像这回如此专心和喜爱。我也想过，这是不是读假名抄写的古本线装的缘故呢？我试读铅印小字本作了比较，味道的确是天壤之别。也许还有战争的缘故吧。

但是，更直接的原因是《源氏物语》和我都在统一的心潮中荡漾，我在这种境界中忘却了一切。我思念日本，也考虑自己。在那样的电车车厢里，我翻开了古本线装书，这种举动多少有点骄矜，令人讨厌，结果招来了意外。

那时候，我反而收到不少在异国的军人寄来的慰问信。也有一些是不相识的人。书信内容大致相同，他们偶尔读了我的作品，泛起了乡愁，向我表示谢意和好感。我的作品让他们思念起日本来了。这种乡愁，我在《源氏物语》中也感受到了。

有时候，我也曾这样想过：《源氏物语》写了藤原氏的灭亡，也写了平氏、北条氏、足利氏、德川氏的灭亡，至少可以说这些人物的衰亡并非同这一故事无缘吧。

虽然与此是另一回事，这次战争期间和战败以后，日本人的心潮中潜藏着《源氏物语》的哀伤，绝不在少数吧。

《土曜夫人》的悲哀也好，《源氏物语》的哀伤也好，这种悲哀和哀伤本身融化了日本式的安慰和解救。这种悲哀和哀伤的本质，与西方式裸露相对，不能等同。我没有经历过西方式的悲痛和苦恼。我在日本也没有见过西方式的虚无和颓废。

浦上玉堂和思琴的小品之所以印在我的心上，也还是这种悲哀的缘故。

玉堂画的，是秋天黄昏杂树林中的鸦群。他使用的红色和思琴的一样，都流露出哀伤的情调。不过，这是淡淡的、昏暗的杂树的红叶，同苍茫的暮色融汇在一起，渐渐阴沉下来，画面上笼罩着一种深沉的悲哀和寂寞的情调。这就是日本晚秋的孤寂景象。除了杂树和鸦群之外，什么也没有下笔。只是比较精细地画出了跟前的一棵大树。各个部分都洋溢着森林写生的气氛，几乎没有南画式的习惯画法，一种自然的情趣渗进了观赏者的心田。令人感到林子对面好像有一溪流水。画面像是清澈的秋日，却飘逸出湿润的空气，大概是夜露的冰凉吧。这幅画画的是，秋天天擦黑儿，一个旅人路过原野尽头和山脊，充满了旅愁。气氛没有《冻云筛雪图》那样冰凉，当然也没有那样和蔼。如果说《冻云筛雪图》是画严冬的冷酷，那么《森林鸦群图》则是画秋天的严峻。尽管画了秋天的哀愁和寂寥，多少带点感伤，但日本的大自然确实是这派景象。那是没办法的。这大概是玉堂晚年所作的吧。那时候，他手抱琴子四处流浪。我查阅了年谱，才知道那是他四十开外画的。我不胜惊叹：四十岁人能画出这样的画吗？看起来是出自年轻人之手。也许是我不懂画的缘故吧。假使我持有这幅画，在秋天工作到夜深，苦恼之余观赏一番，必定会感到万分悲哀与寂寞。这并不意味着伤心或情绪低沉，而只是远远地目送着我的宿命之流。（我写了这篇文章，才得到《冻云筛雪图》，真迹并不像从照片上看到的那样"严峻"。）

　　思琴画的，是一张少女的脸。双手里拿着许多暗淡的小品。那是一张凄凉的、寒碜的、哭丧的、带病的脸。细看，悲是哀切的、爱是深沉的。现出了一张纯真而可怜的脸。

　　玉堂的画，我也只看过少许。思琴的画，我仅看了这一幅。而且是极小的一幅，也不知是什么时候的作品。光凭这幅画就来谈思琴，太不像话了。不过画过这幅画的思琴，的确牵动了我的心。也许这是一幅很好表露思琴感情的画,是先前穷极潦倒时所作的吧。同玉堂画的秋天森林的悲哀当然不同,思琴表现的少女的哀伤,使我感到意外的亲切。

前一年十二月,巴黎画廊也陈列了思琴的画,据说有人曾这么写道:"站在思琴的作品面前,谁也不会无动于衷。年轻画家看了他的作品,都心潮起伏,这确是很自然的事。说明他的作品明显地表现出一种几乎令人难以忍受的悲壮感。"(沙鲁尔·艾斯蒂恩奴的通信,青柳瑞穗译,刊于《欧洲》第二期。)我觉得目不忍睹的悲哀,似乎不是壮烈的。显然,思琴不是像陀思妥耶夫斯基那样惊人的大家。我读了许多有关议论思琴的话,诸如狂躁、狂热、偏激、粗野、残忍、恐怖、神秘、孤独、苦恼、忧郁、混乱、腐败、病体云云。我感到这些话只不过是一种过分夸张的形容,就像在一幅画前一切皆空一样。

画这张少女脸的思琴,也许是颓废的,但融合在朴实的悲哀之中。也许带点道义沉沦的味道,但在切实的哀怜之中,含有几分温馨。苦闷的孤独,也没有异教的神秘,而令人感到对肌肤的眷恋。一只眼瞎了,耳朵背了,鼻子歪了,嘴角歪了,思琴画这样一张脸时,也使用了血色。少女留恋地活着。如果是像上述许多议论的话那样，思琴是画了许多异常强烈的画。这少女的脸，也许反映了思琴朴素灵魂的点滴，这是值得爱的。

然而，很难引起我的兴趣把它买下来。这并不是乍看显得有点粗糙的缘故，而是看了这幅画，它仿佛融合在我的悲哀思绪之中。再说，我感到玉堂画的秋景和思琴画的少女是悲哀的，也是文学性的、抒情性的，因为作为画，它并不是我最喜欢的。要是能买到西方人作的画，我还是希望要裸体女人像。

玉堂的画和思琴的画，都陈列在附近的美术商绿荫亭里，我便把它们借到我家里来，一连巧遇了两幅画，在我的心上留下了哀愁，或许这不是偶然的吧。

有关音乐的事，我一点也不写就不能善始善终。不过，我实在太困顿了。其余的话以后再叙，我从给野上彰、藤田圭雄两人的童谣集《云和郁金香》所写的序文中，引用了几句简短的话：

   悲怆的摇篮曲渗透了我的灵魂。永恒的儿歌维护了我的心。

夏日的芳草

（英）理查德·杰弗理／文
高健／译

我踏着芳馥的浅草向上走去。而随着每一步的攀登，我心境的感受范围似乎也更加宽阔。随着每一口清纯气息的吸入，一个更加深沉的渴望正在不觉萌生。甚至连这里太阳的光线也更加炽烈而妍丽。待到我登上山顶，我早已把我的卑微处境与生活苦恼忘个干净。我感到自己已经一切正常。山顶有堑壕一道，行至其地，我沿沟缓缓而行，稍事歇息。沟的西南边上，一处坡面坍陷，形成裂口。这里下临一带广阔沃野，其中盛植小麦，景色颇佳，周围青山环抱，宛如一古罗马圆形剧场。山间有通路隘口之类一道,折向山南,天际远处则为白云锁闭,不可复见。各处村庄农舍多为林木所荫蔽,故此地堪称绝幽。

这里的确幽静异常,唯与阳光与大地为伍。我躺在草上,开始从灵魂深处与大地、阳光、空气以及那渺不可见的远海慢慢絮语。

我想到大地的坚实——我甚至觉得它将我载负而起;并从身下如茵的绿褥那里传来一种异样的感觉,仿佛大地正在和我交谈。我想到那流动的空气——以及它的纯净,这正是它的美的所在:它抚摩着我,并把它那自身的一部分也给了我。我又与大海谈话——虽然它离我很远,在我的想象之中,我仍然看到了它绿岸近处的苍翠与远洋深处的蔚蓝——我渴望获得它的力量、秘密与光荣。然后我又与太阳对语,渴望从它的辉煌与灿烂中,从它的坚韧不拔与不知疲倦的驰驱中,找到那和灵魂相仿的东西。我抬起头来仰对着顶上的蓝天,凝视着它的深邃,吸吮着它的绝妙的色泽和芳馥。天上的那些采撷不到的花朵里的浓郁蔚蓝把我的灵魂也吸引了去,使它在那里得到安息;因为纯净的色调能给灵魂带来静谧。凭着这一切我祈祷了。我的灵魂体验到了一种完全不可言状的感情；相形之下，祈祷反而显得微不足道，而语言更是这种感情的一个粗糙标记，只可惜除此我再没有别的办法了。凭着蔚蓝的天空，凭着那光透幽径的滚滚炎阳，一个新的缥缈的"以太"海洋正展开在我的面前。凭着那环抱宇宙周流八垠的爽气清氛；凭着那喧嚣在岸边的大海——近处雪浪翻舞的碧海与远洋的深海；凭着载负着我的坚实大地；再凭着芳馥的茴香，它们的小花我常抚摩；凭着芊芊芳草；凭着那经手一搓便顺指滑落的粉松白奎，我祈祷了。我搓搓土块、草叶与茴香，吸吸周流寰宇的澄鲜空气，想想大海与苍天，伸伸手臂来让阳光爱抚一番，并俯首在草上以示虔诚——我正是这样来祈祷的，这时我衷心盼望这样或许能接触到那个比上帝更高的不可言说的世界。

尽管使我心神激越的许多感情都那么浓烈，尽管我与大地、阳光、天空、星斗与海洋的一番契合那么亲切——这种感情动人心魄的深切是任你怎么来写也写不出的。我正是凭着这些来祈祷的，仿佛它们竟是一些乐器，一些键盘，通过它们而把我灵魂中的乐调嘹亮地奏出，它们增大了我歌声的音量。那光华耀目的伟大太阳，苗壮而亲切的大地，和暖的晴空与澄鲜的空气，以及对大海的思慕——这一切无可言喻的美简直给我带来一种至乐的狂喜，一种飘飘然的感觉……

夏天的时候，我常到田野里去。背靠着橡树庞大的躯干，这时，身后粗糙的树皮与地衣隐隐可觉。我在往下面绿色田野（靠近山坡林木处呈现橙黄色）俯视的同时，开始思索我要进一步追求的灵魂生活，或者，坐卧在翠绿的冷杉之下昂首张望，看到天顶处的颜色更加湛蓝。这里羊齿遍地，野鸽咕咕，林木动处，槐树上的茸茸新叶清晰可辨。不论在躯干修直饱满的榆树荫下，还是在山楂矮林与榛树旁，我都充满着一种追逐灵魂本性的深刻渴求；希望从这一切绿色事物和从阳光之中获得那种连它们自己也完全懵懂的内在意义——以便我自己也能盛满光泽，恍如阳光下的林木那样。甚至连过路时稍稍摸摸树上长满地衣的皱皮和碰触伸向路边的一个枝梢，也都仿佛具有代我自身祈祷的效验。

漫长的夏日天气把草地晒得暖洋洋的。我总是偃卧在比较偏僻的角落，全身躺直，以接受大地的爱抚。这里丰草高高过身，婆娑的树影戏舞在我的面颊之上。我时而眯缝着眼望望天空，禁不住那晃眼的阳光。蜜蜂常从我头上嗡嗡而过，有时也飞过一只蝴蝶，空中则是一片盈盈，翠绿的莺鸟在篱边歌唱。当我这样逐渐进入到夏日炽烈的生活之后——一种在我的周围熊熊燃烧着的生活，这时每片草叶仿佛都是一把火炬——我终于对大地自古以来的全部漫长生活开始有所体会，而这时太阳正把我照得暖洋洋的。在遥远的古昔，南国沙碛上的西索斯托里斯便已对他自己与太阳有所认识……我的灵魂渴望能汲取到那曾经流贯于过去时代的灵魂生活，正像阳光曾经不绝地倾注在大地之上那样。另外，正如流沙能够吸收热量，同样我也能获取那种灵魂的精力。虽然表面如梦一般，我却尽情地吮吸着生命的气息；我对草叶、野花、山楂与树上的绿叶并未忘怀。我似乎恰恰是通过它们来生活，仿佛它们一个个尽是我吮吸汁液的孔道。这时蚱蜢正在鸣叫跳跃，小鸟在歌唱，画眉在欢快鸣啭，整个空中生意盎然。此时我也被深深地投进生命之中，并与那全部的生命一起祈祷着。

纳凉

（日）横光利一／文　李振声／译

　　让人想起凉快的事可真不少。

　　我觉得，比起海滨，湖岸更凉快些。湖边呢，比起有风的水面，灯火倒映在无风而纹丝不动的水面上，谁人的身影难以辨认，只听得人声，叹息着"热呵"的石埠头四周，就更有凉意些。

　　碗里湿润的菜叶显得新鲜欲滴的吃晚饭时分；浆得笔挺的浴衣刺着背脊的皮肤的当儿；拂拭着尘埃的脚板下，草席发出让人熟悉的、从不爽约的挤压声的时候；就连世上最稀松平淡的夜来香也识不得,却愣愣地眺望着开在河原上的花儿的时候。

——夏天,就是这么一种让人乐而忘却所有物名的日子。

朋友和熟人携家人出门去了,即便碰不了他们的面,也会信步前往;有时连散开的衣带也忘了系好,就这么敞着怀上人家的门;像这类直冒傻气的事,尤其让人生出凉快的联想。这些大致都是夏天的面目吧。

天一擦黑,就连潜入空宅溜门撬锁的贼,也不知怎么的,身子迟钝得失去了贼样;在漫无边际聊着志怪故事的阴森感觉中,打着团扇,更觉凉意袭人;诸如此类,夏天,就是在不经意的地方寻求情趣的日子。

天气太热的时候,我喜欢追忆少年时感受过的凉快聊以自慰。追忆是给人带来凉快的东西,没有比早已淡忘了的纳凉的记忆更贴近天堂的事了。在厌倦了放焰火、垂钓、游山这类活泼好动的追忆之后,那个徐徐浮起的寂静的情景,好比提灯下的莲叶,生有青苔的泉石四周那不绝如缕的驱蚊烟的飘摇,以及时时停歇在素洁竹帘上的蛾子随风摇曳,不见人迹、唯见横陈着直纹桐木制就的音色纯正的琴瑟的屋子,仿佛不堪苦夏而瘦成了细挑个儿的折叠门蓦然动了一下的时候，洒水后潮润的庭院里蝉声远去的傍晚，迎佛的篝火摇曳着点燃起来的时候，我为我国古老而优雅的习俗所感到的喜悦，都无过于此了。

去年夏天，我是试着一直待在家里度过的。记得那些逃到远地去避暑的朋友寄来的许多书信，对我也没起什么诱惑。在自己一直居住着的屋子里，连暑热也没意识到，就迎来了秋天，回想起来，真是蠢人的所作所为。的确，对自己居家的暑热都本然无所感觉，就这么过着日子，看来我身上连心灵的居所也没有了。

夏秋之交

（德）赫尔曼·黑塞／文　陈明哲／译

　　由于天气恶劣，由于生病，以及其他林林总总的缘故，我坐失了今年夏季的一段极好时光。不过目下正值夏秋之交，是最后几个炎热夜晚与第一批紫菀花绽放的日子，我几乎是张开每个毛孔，酣饮着周遭的一切。对我而言，此刻正是全年当中最精彩、最令人心满意足的时光，将来在冬天或春天里回忆起来，脑海里映现的净是一幅幅美好的画面：像一朵盛开的玫瑰，丰满地立在俯倾的枝端，沉醉于馥郁的酣睡中；或是一颗泛着红紫的甜桃，琼汁饱胀、不胜肥熟，恰在毫不抗拒地准备殒身之际,你适时从围篱之后伸手采撷,才一触及,它便自动沉坠在你掌中;再不就是一位绝色女子,正在风华最好、情爱最炽的生命巅峰,性情贞静自在,举止成熟端庄,聪慧而雍容,略带一丝玫瑰气息般的忧郁,以及对人生苦短的认命。

这段晴天丽日的暮夏光阴最长可持续至九月中旬。在这当中,糙叶底下的葡萄串开始转蓝;我工作室里的那盏灯,每天入夜都营聚了数以千计珠光荧闪的蛱蝶,以及薄翅类的昆虫与甲虫;每天清早,在大地与植物世界开始蒸腾着热气的一个小时之前,院子里银亮的巨大蜘蛛网上挂满了露珠,泠然泛着秋光——在我从童年起就特别喜欢的夏秋之交的这几天里,我对自然界一切优美声音的感受力、对色彩瞬息万变的好奇心,以及对一切细微的变化过程侦伺窃听的兴致,一下子全都复苏了。我会留意一片早枯的葡萄叶在阳光的照射下扭卷;一只金黄色的小蜘蛛吐着细丝,将自己从树上垂缒下来,轻盈如一团绒絮;一只蜥蜴在晒热的石头上摊平四肢,以便充分吸收太阳的辐射;还有一朵失色的红玫瑰从枝头悄然坠亡,那解脱重负的枝丫因而稍稍弹举。在这些事物上,我再度显露儿时的敏锐与偏爱;许多久已遗忘的夏日情景，也重新在我心中鲜活起来，清晰地映现在记忆的版面上：那总是带着捕虫网与采集箱的童年时光；与父母一起散步；姊姊插在草帽上的矢车菊。还有一回郊游，从悬荡的吊桥上俯视淙淙的山溪；糙叶石竹摇曳于飞瀑危岩之上，可望而不可即；粉红色的夹竹桃缀生于意大利式农家的短垣上。我也记得黑森林里那飘浮在高原草地上的蓝色烟云；还有博登湖畔花园的墙垛横亘于波浪轻拍的水线上，碎裂的湖面映着紫菀、绣球花和天竺葵的倒影。记忆中的这些画面虽然纷陈杂沓，令人目不暇接，却都具有蒸腾的炽热与透熟的香味，那是日正当中的荣景，是充满期待的希望；像熟桃表皮绒毛的那种柔软，又像女子风韵最成熟之际，心头怔忡着的似懂非懂的愁绪。

如果现在穿过村庄向郊外走去，你会在农家园子里发现蓝色和紫红色的紫苑花，点缀在一片耀眼的金莲花当中；而在珊瑚吊钟花底下，剥落的花瓣铺满了一地艳红。走在葡萄的廊荫下，你会看到有些叶片已经染上第一抹秋色，浮现轻淡的红铜般的金属光泽；夹生的葡萄串里有些已经变蓝，其中颜色更深的几颗浆果，食之甘甜生津。森林里有几株散生的金合欢，先衰的枝丫在整片黯绿中点缀金黄，好似号角吹出了清亮的高音；栎树则在林下提早零落了许多包着壳斗的坚果，那带刺的绿色外壳很难剥开，芒刺看似柔软，却能一下穿透你的皮肤，强烈捍卫壳内面临威胁的生命。剥开外壳之后，里面的种仁好像半成熟的欧洲榛子，不过味道苦多了。

尽管热浪逼人，这几天我还是经常出外走走，因为我十分清楚当前的好景非常短暂，时机稍纵即逝，甘甜的成熟将会在转眼间开始衰亡。面对晚夏的一切美好，我的确是既贪婪又铿吝的，不仅什么都要观赏，什么都要触摸，凡是夏季之丰盈所赐予人类感官的，我都想嗅嗅尝尝。我甘愿被这一时兴起的贪得无厌的占有欲所盘踞，将此刻美好的一切私藏到冬天，到来日来年，到我垂老的时候。其实除了这点私心之外，我从来不曾热切地想要占有什么。我一向轻看别离，也容易割舍事物，这会儿却叫一种锲而不舍的热衷所主宰，有时自己也不免觉得好笑。我成天在花园里、在平台上、在风信旗下的小塔边长坐，突然变得非常勤快，以铅笔和钢笔，以水彩画笔和颜料，企图将四下盛开的、消逝中的缤纷留在纸面上。我认真涂绘园中石阶在清晨时分的阴影，素描紫藤扭曲的葛干，摹写傍晚远山稀薄如呵气，却又灿烂如宝石的透明姿色。最后我拖着一身疲惫，虚脱了似的返回家门。晚上当我把画页一张张收进厚纸夹里，看到自己所能描绘保存的竟然如此有限，不免大失所望。

随后我吃些水果和面包当晚餐，在这间有点昏暗的斗室里，静坐直到周遭一片漆黑。过一阵子，我就必须在七点钟以前点灯了；而再过不久，上灯时分还要更为提早。那时人们将活在阴暗与浓雾中，习惯于冬天和寒冷，几乎完全忘记这个世界曾经一度美好而明亮。现在我将坐在这里小读片刻，好让另一个新的念头萌芽。当然，在这样的时刻，我只能读那些出类拔萃的好作品……

屋里慢慢暗下来，可户外天光仍静静回映着，于是我起身走上露台。从这里望去，视线越过爬满常春藤的矮垣，能将卡斯塔诺拉、甘德利亚和圣玛默特一带看得清清楚楚；萨瓦托勒后面的坚尼罗索山，正飞起万道霞光。这样的黄昏美景，持续十分到一刻钟之久。

我在一张躺椅上坐下。虽然四肢疼痛，两眼酸涩，但并无丝毫的厌倦或懊恼，而是充满着感动，觉得心平气和，了无罣碍。在这犹有日照余温的露台上，我摆着几盆花，叶片映着曦微，正在最后一抹残照里缓缓入睡，向白昼道别。旁边有株巨大的仙人掌，浑身金刺，木然如异邦人，陌生而腼腆地孤立着。这棵童话般的植物是女友送给我的礼物，在这座有天篷遮阴的露台上，它占有一个很受礼遇的地位。在它旁边，珊瑚吊钟花含笑而立，矮牵牛的紫色花冠显得沉郁凝重，至于石竹、野豌豆、头巾百合和翠菊的花朵，则早已全都凋谢了。这些花卉挨挤地长在盆瓮沙箱之间，随着叶面一分一分地转暗，花朵的颜色反而焕发得更浓艳，灼亮如教堂的彩绘玻璃窗。这光景持续数分钟之久，随后光焰慢慢熄灭，花朵们安息于每日一回的小小圆寂，好为将来一辈子一次的大死做准备。天光在不知不觉中遁去，花卉的绿叶悄悄染上墨黑，一切明黄艳红也被逐渐加深的暮色所湮没。天这么晚了，偶尔还会有一只蛾蝶飞来拜访它们，那是一种天蛾，嘤嘤的鼓翼声如同梦呓。这只黄昏小精灵少时又不见踪影，想必栖身于黑暗中。此时，横亘天际的黝黑山列陡然沉坠，碧绿的天幕尚未出现星星，却有蝙蝠翻飞，闪电般一掠而逝。在我脚下深处的山谷里有个身着白色袖衫的男人身影，正在草原上且行且刈；隐约的几缕钢琴声从村集郊外的那些农家中传来，令人的睡意油然而生。

我走进屋里，一扭开灯，便看到一条巨大的黑影在室内飞高蹿低。这只大夜蛾带着微弱的鼓翼声向绿色玻璃灯罩扑去，然后就停驻其上，让灯光照了个一清二楚。它合拢双翼，振动着羽状触须,黑色的小眼睛好像两滴柏油那般黝亮;它翅膀上的棱脉像大理石的纹理,呈现各种美妙的图案,还有丰富的色调与渐层,不同程度的褐色、灰色,各种枯叶上才看得到的色彩,全都在这方寸之间斑驳掺杂,而且温润柔软一如天鹅绒。如果我是日本人,得以传承祖上对这些颜色及其混合色调的大量精确描述,那么我或许能够形容它。不过即便如此,这些语汇毕竟帮助不大,至于素描与彩绘、思考与写作,对此也都显得力不从心。在夜蛾棕红、凝紫和仓灰等色块斑斓的双翼上,透露的其实是造物的奥秘,是它的全部法力和一切诅咒。这份奥秘以千变万化的殊相观照世人,时现时隐,令人无法捉摸于万一。

特利埃夫之秋

(法)让·吉奥诺/文 罗国林/译

秋自高山之巅向我们腾跃而至。几天来,空气动荡不安。人们望着婆娑的树影,心里多半感到惆怅。不过,人们预料之中的是通常岁暮的景象,而没有预料到今年发生的情况。

我们居住的这个地区地势颇高,山丘起伏,沟壑纵横。湍急的山水冲刷着片状的岩石,形成百来米深的峡谷,两边壁立着几乎垂直的山障,蔚蓝蔚蓝的,海浪似的。倘若有人顺着悬岩攀缘而上,可以攀登到半腰间狭小的平台上,到了那里,就休想再往上爬了,不得不回到谷底。站在岩壁半腰的平台上俯瞰，收进眼底的是片片草地和田畴。肥美、繁茂的草地，似可吸收一切声音，一匹匹马儿驰骋其间，全都无声无息的，仅闻马鬃瑟瑟之声。还有掩映着清泉的杨树林子，翻耕过的红壤坡地，浓密的灌木丛，野营的炊烟袅袅的森林。此外还看得见五座大村庄：两座匍匐在浇灌得湿漉漉的草地上；一座横卧在山丘上，左侧有一片铁线莲，宛如碧波荡漾；另外两座略显得荒僻，隐蔽在森林里。

秋像一只火狐似的向我们腾跃而至。一天夜里，人们仿佛听见它轻柔地腾跃落地的声音。第二天，眼前便呈现了秋色。秋起初在草地上打滚，擦着杨树林带，把它火红色的毛蹭在所有树木上。它在与一株枫树搏斗时，抓了那株枫树一下，枫叶便流血了。将近中午，草地上开始水汽缭绕。那水汽雪似的白，犹如风把一大堆灰烬扬散在空中。马群停止了奔跑，凄切地互相呼唤，然后挪动沉重的步子，返归四周的牧场里，低着头躲在杨树下，浑身的皮毛战栗不止。那笼罩着草地的水汽，我把手掌伸到空中，捏拢来抓了一把。手掌里清凉清凉的，略带黏滑之感，打开一看，满手掌纤细的白色星状物。那是花！猪殃殃花，绣线菊花瓣，大戟的绒毛，肥皂草的细丝，全都是死了的东西，已经干枯，呈粉末状，像撒了一手月光。这些东西的气味，一直渗透到人的身体里，一直渗透到那潜伏着人类万般恐惧的幽暗的一隅，把周身的血液染成了黑色。截至此时，天空尚无变化，仍把一束束强烈的、金灿灿的阳光，投射到地面上。起初，隐隐约约有一股风从高空吹过，微弱的，然而十分冷峭。站在高山之上，可以听到它的声音。这风声和那气味煞是奇特，它们在你心里播下忧烦和委顿的种子，或者更确切地说，它们把你心底里的旧愁翻了出来，使你感到活在这人世间，就像陷在无际无涯的泥沼里。"我这辈子活着有什么意思？"人们不禁问自己，"我在与庄稼和树木打交道时，在参加村子里笑语喧天、载歌载舞的节日活动时，曾经得到过快乐。可是现在，我又陷入了愁苦之中。老是愁苦，与以前一样的愁苦！"人们一个个木然地待着，不知干什么好，心里想，既然已走了下坡路，就听其自然吧。从高山之巅，夕阳之中，飘过来三朵瑰丽的云彩。三朵云彩镶着璀璨夺目的金边，但是渐渐地，它们沉重地跌到了黛青色的寒云底下。于是，飞燕呢喃着互相呼唤起来；铁匠撂下手中的铁锤，捻着胡子，走进了咖啡店。站在门槛边的人，探头向外张望一眼，连忙缩进了屋里。家家户户掌上了灯，村子里变得寂然无声。只有在村头栖息惯了的鸟儿叽叽喳喳，它们正在集合，准备飞往他乡。

那株枫树鲜血淋漓的伤口，日渐蔓延开来，每条村道的两旁，迤逦着两排血红的树木。蕴蓄在地层里的热气渐渐释出，使土地膨胀起来，杨树闪烁着寒冷的、然而比阳光更耀眼的火焰。一簇簇火苗在树篱中蔓延扩展。山溪旁挨着的霜冻的草地，渐渐变成蓝色。枯萎的秋水仙散发出有硫黄气味的水汽，使草地窒息而死。只有森林还在反抗，它的松杉依然是那样稠密、挺拔。我们都羡慕山林里的人，因为我们的草地边这些柔弱的树木和灌木丛，这些生长在泉水边的白杨，统统变成了火炭，而且这些火炭般的树木颜色日渐暗淡，越来越焦黄，逐渐凋零，令人感到一切都行将死亡。村民们纷纷把牧场上的马赶回家，马儿疯狂地摇晃着头，打着响鼻，似乎要撞死在栅栏上！夜幕一降临，雨便淅淅沥沥地下个不停，斜斜的雨点飘进树篱里，钻到树脚下，溅落在枯枝败叶中。雨点拍打着窗户，竟从窗玻璃的缝隙间溜进了屋里。人们躺在被窝里回忆着往事，抵御秋寒的侵袭，第二天早晨一起来，发现床前积了一大摊水。

隐蔽在树林里的那两座村庄，一座叫圣保迪尔，一座叫弗雷米埃。在这秋雨愁人的日子里，我们只好成天守着火炉，那两座村庄便成了我们向往的地方。在那里，一切都没有变，松树像刚岩一样坚毅。我们遥望着那一派生意盎然、永不凋谢的绿色，心里得到了一点慰藉。一天傍晚，从圣保迪尔来了一位骑马的汉子。马儿蹚着大摊的积水，不紧不慢地走着。这汉子是来请医生的。请过医生，他坐下来喝朗姆酒、喝咖啡，说山上的两座村庄被蘑菇包围了，那些蘑菇像潮水般涌出来，发出汩汩声。一个个像脓疮一样难看，孢子囊里的粉末四处弥漫，使所有人都中了毒。"那种东西，"汉子介绍说，"使女人们莫名其妙地异常兴奋，使男人们对一切厌恶至极。"他还说，"大家不得不把科隆贝·卡特兰绑在床上，他呻吟着，口吐白沫，绞着双手，两只眼睛骨碌碌乱转，一个劲儿地胡言乱语，连上帝都不敢靠拢他的身"。汉子说完，跨上他那匹耕地的高头大马，无精打采地走了。

　　其后几天里，蘑菇的气味一直飘到了我们这里。其他就没啥好说的了，因为什么也没有发生。而我们都渴望看到发生点意外的事情。

（日）横光利一／文 李振声／译

过去的笔迹

竹花

　　竹子的花漂浮在片片断断的雾气中。木桥蹲着，枯萎的腿倒映在平静的水面上。悄无声息的河水，从结着天蓝色纽扣般果子的草丛中绕行而过。浑然不知母亲患上了什么病的男孩，手持药瓶和竹竿，比试着谁更透明通亮。竹马声从竹花中咯吱咯吱地传来，他抬起头，眼中放出明锐的光芒，突然一溜烟地朝竹花中奔去。穿过竹林，波动着的蒿蓬下，沉重的石臼在旋转。石臼旁，刀豆荚状烟管的黯然微光，叩击着炉沿儿。男孩从路边朝炉灶瞅去，手里感觉到了底下炉灰里滴溜溜滚出的山芋的温热。继续穿行竹林，他的草鞋又弄响了竹鞭。簇生的竹花擦过他娇嫩的脖颈，摇晃起来。在泛着光亮的竹节的簇拥中，男孩琢磨着唱支什么样的歌，但在挑定歌子之前，他迅捷跃起，抱住了一团垂下的竹子。竹子坠弯下来，将他的身体悬挂起来，又掷回到了地上。他和竹子格斗着，涨红着脸，气鼓鼓的。药水在竹花中泛着泡沫膨胀起来。男孩就像一只蝗虫，逗留在竹子上，不安地谛听着草鞋坠地的声音。

鲤鱼

春雨连绵不断地下着。河水漫过了草尖，男孩蹲在身披蓑衣的农夫的一旁，睨视着钓竿的梢头。雨滴从农夫的蓑衣上跌落在他小小蓑衣下的肩膀上，男孩关注着鳞片齐整的鲤鱼被整个儿拽出水面的事，浑然忘却了打在身上的雨水。深深垂入水中的藤枝上，沾满了粘滑的水垢。红蟹从雨水冲刷过的草根间一爬出来，便在他的手指间吹开了泡沫。此际，一队送葬的长列正打远处田野尽头的棉花田间经过。猛然间，男孩想起了正让死亡缠着身子的母亲的那张发青的脸。他想道，母亲就快死了吧，到时是自己来槌锣吧。于是，突然放声大哭起来，但就在这个瞬间，一条乌亮的鲤鱼跃过了钓竿，他马上停住了哭泣，慌慌张张地朝鲤鱼鲜亮的鳞光猛扑上去。鲤鱼泼辣地击打着濡湿的嫩草芽，在他两手间打着挺。他压住鲤鱼，压住草，再压，再打挺，当他把鲤鱼压在了胸脯底下，便又继续开始了刚才的哭泣。像烟雾般连绵不断的棉田里传来了萧瑟的锣声，男孩一边感受着鱼尾对自己胸脯的有力叩击，一边叠声喊道："妈妈啊！妈妈啊！"

水晶

莺的声音在繁茂暗郁的梅叶间一叫开，血色就在男孩母亲的身上复原了。天天和姐姐一道捣米，男孩喜欢米在石臼里被剔去糠皮后热乎乎沉甸甸的模样。一到太阳升起，阳光晴朗地出来时，他便出门，去后山的小山顶上寻找水晶。一边甩开双脚朝山谷走去，一边挖开脚下的泥地，六棱形闪闪发光的水晶，便从指甲扒开的褐色泥土里冒了出来。弯曲洁净的花蕾，穿过他的腿间，定定地伸向山谷。脚下的山谷里，大山树的花就像白色的扇子，绽开在枝头。埋在草丛里的水车颤动着翅翼缓缓转动着。男孩用衣服蹭亮水晶棱面，眯起眼对着天空察看。他双手挥舞着水晶，在阳光里摇摇晃晃地下了山。他将水晶藏进水壶深处，便沉浸在了遐思之中。待会儿，壶里流出的水一定会繁殖出更大的水晶来，母亲的病一定很快就能用水晶卖得的钱治好的，这样遐想着的男孩，在这个夜晚，在咀嚼着沙丁鱼的姐姐的腮边，讲起了山顶上成群结队冒出水晶来的故事。投射在院子里梅树叶上的煤油灯光里，他那伸出双手讲述故事的身影，一伸一缩地晃动着。

新娘

柿树上的苔藓让梅雨一淋，掉落了下来。打家门口流过的小河涨起了水。

钉子状的螺蛳在石头间伸展着躯体，变得十分肥大。渡涉小河的男孩让绿藻长须绊住了，脚下直打滑。霉斑在桶底和水壶的四周蔓生开来。男孩清早醒来打开木板窗，硬邦邦的梅子擦着窗子的木格，发出沙啦沙啦的声响。看到满地是一夜风雨从柿树上刮下的浆果，男孩便精神抖擞地叫唤起来。他绕过廊檐，快活地数着又结出了多少颗杏子。杏树树皮的裂口上堆攒着晶亮晶亮的树脂。若是去碰一下枣树的话，树皮便会裂开来湿嗒嗒地沾在手上。雨一停，男孩便在斜挑出的枣树上爬上爬下，踩着树枝，装扮起侦察兵来。用手围成个望远镜，朝里边一瞅，便出现了漂浮在车轮之上的新娘的身姿。不一会儿，成群结队簇拥着新娘的车辆便打他胯下经过。俯身望去，发觉新娘就是前来替他母亲缝衣的那个女裁缝家里长得最漂亮的女儿，他不禁张大嘴巴蔫在了枣树光滑的叶间。新娘洁白的身影顺着缀满螺蛳的水沟，拐着弯儿渐渐远去。

虫

萤火虫在菊花的四周飞舞起来。夜露深处传来跌落在草丛中的水声。

篝火每晚在田园上点燃起来。洗了澡的农夫，沐着夜风，悠然自得地回家。等梅雨一停，男孩便躲过母亲的眼睛，开始了夜间的出游。他渐渐喜欢上了弥漫着烟草气的大人们的聚会。男孩的母亲叠着被子，孩子似的在屋里走动着。男孩走在路上，挑选着投掷起来顺手些的石块。姐姐嚼着山椒叶，尾随在夜间出游的他的身后，四周找寻着他。男孩透过树叶，一下子显得光泽越发鲜亮的累累果实随处可见。光洁的杏子，让虫子蛀食后，滴溜溜地坠进了河里。男孩将金黄饱满的枣儿就这么托在手心里转弄着、把吃它的事儿忘在了脑后。梅子在地上堆成了尖，散发出浓香。卖梅人天天挑着箩筐在梅雨间穿行着。男孩知道，吉丁虫是在石榴的花荫下渐渐长硬翅翼的，他连颊白鸟在遥远的灌木丛中下了几颗蛋都一清二楚。然后，等夏天一到，他便像虫子一样，在瓜地里，把瓜挨个儿统统胡乱吃上一遍。

一边思念，一边让感情冷却

（日）永井荷风／文　陈德文／译

　　来到法国，我才知道法国的风土气候多么富有可感性啊！

　　与夏天的明丽华美相对照，秋天又是多么悲凉和寂寥！而且，这种悲凉和寂寥与其说感应于心底，毋宁说浸入了人的血肉，仿佛伸手可以触及。法国的诗、音乐和德国相比有根本的不同，道理就在于此。产生缪塞的法国没有出现歌德；产生柏辽兹的法国没有出现瓦格纳。北欧森林的幽暗诉说着神秘，而南方优美的法国自然所带来的悲哀包含着难以形容的美。人们与其说由这种悲哀而想起什么或感悟到什么,毋宁说是沉醉于这种悲哀之美中而神思恍惚。

在星月交辉的夏日夜晚散步,在露清草香的夏天早晨徜徉。这当儿,不知何时,朝夕的风儿渐渐浸入肌肤,那午后几乎要把人烤焦的明亮而干热的阳光,不知不觉自然变得薄弱了,有时看起来甚至像昏黄的灯光。我想起拉马丁的一首诗:

> 万象渐渐消失的秋日,
> 朦胧的光芒多么美丽!
> 这正像同朋友挥手告别,
> 又好似永远闭上的唇边,
> 露出了临终的笑意。

盛夏时节,到了八九点钟才会出现蔷薇色的黄昏,天地沉醉于一派混沌之中。如今,我倾听每座寺院晚祷的钟声,秋天那无精打采、老朽乏力的夕阳已经西沉,只把一些余光留在天空,比起夏季更增添了鲜明的紫色。四周笼罩着一层似雾非雾的淡薄的夕烟。

这时候,伫立于市内各处建有喷水池、铜像和树林的广阔的十字路口，可以看到急急回家的匆促的人影在昏黑的树林间闪动。天空一刻一刻地变暗，尚未消泯的悲哀的黄昏之光里看不见星星，但是地上的灯火早已放射出夜晚特有的光亮，将树影投到黄澄澄的草地上。树叶一片，两片，无声地飘落，在这鲜丽的灯光里，形成了最为优雅的景观。

这时候，伫立于罗讷河长长的石桥边，可以看到河下河上两岸一望无际的房舍和波涛翻滚的广阔的水面。四周漠漠的暮霭宛若褪了色的水彩画一般扑朔迷离。透过这层浓紫的烟霭，可以看到人家的灯火和堤上的街灯点点闪烁，发出朦胧的红光。桥上两侧的电灯光下，有些匆匆赶路的男女，他们的帽子忽闪忽闪地抖动着，就像风儿扑打田野里农作物的叶子。结束了一天的工作和事务、急着回家的这些人的爱音，以及急驰而过的电车和马车的轰鸣，混合着奔腾的急流，奏出了都市晚间生活苦涩的音乐，放眼望去，石堤下边以浣洗为业的几艘篷船上点着灯，许多妇女卷着袖子正在河里浣纱涤布。

这时候，走在繁华的大街上，这里人流如潮，两旁的玻璃窗内灯火闪耀，天空中一片明净，显现着夜的热闹。街角路口的饮食店，从放盆景的门口到马路近旁，摆着成排的桌子，明亮的灯光下，身穿黑衣的侍者手捧杯盘来往如飞。各处的咖啡馆里传出了小提琴曲和女人的歌声。杂沓的人影中打扮得焕然一新、胁肩谄笑的女人往来不绝。这急切等待秋凉的长夜,早些降临的法国都市的黄昏,正是其他国家所难得一见的。

这时候,到市郊的公园去,寂然无声的树林间点着煤气灯,人们仍在池畔或花间小径散步,却听不到夏日傍晚那爽朗的谈笑。水边生长着的芦叶,在秋风里瑟瑟抖动。黄昏的天光火影酿造着既非黑夜又非白昼的幽暗的世界。我眺望这世界中悄然走动的女人们白色的衣裙和河面上栖息的天鹅的羽毛,再看看远方暮霭弥漫的黝黑的森林,心中感到难以名状的凄清。临水的柳树落叶纷纷,星星映在水中,潮湿的泥土发出浓郁的气息……夜幕开始遮掩大地。

白昼一天天变短,早已到了十月末……天空灰暗,细雨微茫。或早或晚都在下雨,有时云层飘动露出蓝天,偶尔漏泄下来薄薄的阳光。不过半小时或一小时又下起雨来。碧清的罗讷河河水浊流婉转,眼看就要冲决高高的石堤涨溢出来。夜间,咆哮的水声摇撼着整个城市。正是这个时节,罗讷河下游法国南部一带和加龙河流域经常闹水灾。

已经感觉不到天是什么时候黑下来的了,因为午前午后都和傍晚一样灰暗。窗少的房舍从三四点就得点上灯火。即使雨停了，家中屋内屋外都是一样湿嗒嗒的。寒气侵肤，不管如何小心谨慎，也会突然打起喷嚏，流出鼻水，浑身哆哆嗦嗦，似乎患上流行性感冒了。

没有家，没有朋友，一个人羁旅在外，最怕这样的坏天气。去散步吧，这种天气公园和郊外当然不能去，只好撑一把伞，在晴日里司空见惯的大街上漫步。

雨水濡湿了枫树，河岸大道上落叶狼藉。石像和纪念碑四周的花园里，花草枯萎的广场上，看上去使人深深地感到一种说不出的荒凉，仿佛这座城市刚刚发生一场骚乱。离开这条中心大街，进入横街短巷，凄清的景象更叫人难以忍受。

雨水打湿了银灰色古老的墙壁，房屋蹲踞在灰色的天空下，一扇扇窗户像盲人的眼睛，没有一丝朝气，也窥不到一个人影。这横街有一家似乎从来没有人光顾的杂货铺或旧钟表店，在这个没有灯光、漆黑一片的店里，有个当班的老婆子，一定是因为患了风湿病，双手不能动弹。虽说是横街，总不时有些穿戴暇意的女人，一手拎着装满衣物的小筐，急急穿行于大街小巷之中。在这些见不到阳光的家家户户的门前，成群的野犬随处游荡，互相咬架，时时传来声声狗吠……然而这叫声随着败阵之犬的逃遁而消失，一切归于原来的寂静。此刻，一时停歇的寒雨又沛然而降。这些横街短巷，因为没有被车马撞伤的危险，盲人音乐家一齐涌来这里，随处彷徨，他们弹拨着音色低落的小提琴曲，给这暮色渐浓的街巷更添一层哀愁……

我总是随手从衣袋掏出一些零钱投给他们，然后急急忙忙向繁华大街跑去。我巴望黄昏早点过去，灯火明丽的夜晚快快到来。我一边想一边踏上回家的路。到了夜晚，比起灰暗的黄昏，心情或许有几分改变；晚餐喝上一杯葡萄酒，心绪总会快活起来吧。

可是，被连日的秋雨彻底败坏了的情绪，即使夜幕降临，即使欣然而醉，也还是无力快活起来。桌上的油灯芯子已经拧到最大，窄小的屋子依然暗淡无光。迷醉的心反而堕入往事的回忆之中。

就是这样的夜晚，听到阳台上滴滴雨声，会使人无端地哭泣。

魏尔伦的诗唱出了这个意思：

　　雨洒落在街巷，

也洒落在我的心上。

这样的雨,

为何进入我悲哀的心中?

这震动大地敲击屋顶的萧条的雨音雨调,

你不知道我的心为何忧愁,

只是无目的地润泽着它。

这是一种无名的悲哀,

达到极点的悲哀!

既非憎恶,也非爱恋,

我的心充满无量的哀愁……

我曾经从玻璃窗内俯视着雨中的大街,嘴里不住用法语吟诵这样一些词语:秋—雨——夜—灯—旅—饥寒。我觉得,只有在这种时候才能深深体会这些词语所蕴含的隽永的诗意。

刮了一夜大风。林荫大街,十字街头、河岸大道,城中的树木全都落叶了。这天早晨,街道上显得十分明朗。天气响晴,阳光普照。行人的呼吸化作白色的水雾。冬天来临了。

于是,悒郁的心境依旧悒郁,已经沉着冷静下来了。因为我也和别人一样,有时笑着,有时坐在暖炉旁的油灯下,畅谈冬天的游兴。但我绝没有忘掉春天的欢乐和夏天的明丽。我并非喜欢冬天的寒冷。那么，已逝去的寒雨之夜的悲哀又是从何而来呢？我这么想，同恋人分别的人，一时会悲痛欲绝，但不久就会习惯于这种绝望，一边思念，一边让感情冷却，并逐渐淡忘下去。而且，上了年岁以后也还会是这样一番心境的……

（美）亨利·梭罗／文 夏济安／译

冬日漫步

（节选）

风轻轻地低声吹着，吹过百叶窗，吹在窗上，轻软得好像羽毛一般；有时候数声叹息，几乎叫人想起夏季长夜漫漫和风吹动树叶的声音。田鼠已经舒舒服服地在地底下的楼房中睡着了，猫头鹰安坐在沼地深处一棵空心树里面，兔子、松鼠、狐狸都躲在家里安居不动。看家的狗在火炉旁边安静地躺着，牛羊在栏圈里一声不响地站着。大地也睡着了——这不是长眠，这似乎是它辛勤一年以来的第一次安然入睡。时虽半夜，大自然还是不断地忙着，只有街上商店招牌或是木屋的门轴上,偶然轻轻地发出咯吱的声音,给寂寥的大自然添一些慰藉。茫茫宇宙,在金星和火星之间,只有这些声音表示天地万物还没有全体入睡——我们想起了远处(就在心里头吧?)还有温暖,还有神圣的欢欣和友朋相聚之乐;可是这种境界是天神们互相往来时才能领略的,凡人是不胜其荒凉。天地现在是睡着了,可是空气中还是充满了生机,鹅毛片片,不断地落下,好像有一个北方的五谷女神,正在我们的田亩上撒下无数银色的谷粒。

我们也睡着了,一觉醒来,正是冬天的早晨。万籁无声,雪厚厚的堆着,窗槛上像是铺了温暖的棉花;窗格子显得加宽了,玻璃上结了冰纹,光线暗淡而隐秘,更加强了屋内舒适愉快的感觉。早晨的安静,似乎静在骨子里,我们走到窗口,挑了一处没有冰霜封住的地方,眺望田野的景色,可是我们单是走这几步路,脚下的地板已经在吱吱地响了。窗外一幢幢的房子都是白雪盖顶;屋檐下、篱笆上都累累地挂满了冰雪;院子里站了很多像石笋似的雪柱,雪里藏的是什么东西,我们却看不出来。大树小树四面八方地伸出白色的手臂,指向天空;本来是墙壁篱笆的地方,形状更是奇怪,在昏暗的大地上面,它们向左右延伸,如跳如跃,似乎一夜之间,大自然把田野风景重新设计过,好让人间的画师来临摹。

我们悄悄地拔去了门闩,雪花飘飘,立刻落到屋子里来了;走出屋外,寒风迎面扑来,利如刀割。星光已经不这么闪烁光亮了,地平线上面笼罩着一层沉重昏暗的薄雾。东方露出一种奇幻的古铜色的光彩,表示天快要亮了;可是四面的景物,还是模模糊糊,一片幽暗,鬼影幢幢,疑非人间。耳边的声音,也带着一种鬼气——鸡啼狗吠,木柴的砍劈声,牛群的低鸣声——这一切都好像是阴阳河彼岸冥王的农场里所发出的声音;声音本身并没有特别凄凉之处,只是天色未明,这种种活动显得太庄严,太神秘了,不像是人间所有的。院子里雪地上,狐狸和水獭所留下的印迹犹新,这使我们想起:即使在冬夜最静寂的时候,自然界生物没有一个钟头不在活动,它们还在雪上留下痕迹。把院子门打开,我们以轻快的脚步,跨上寂寞的乡村公路,雪干而脆,脚踏上去发出破碎的声音;早起的农夫,驾了雪橇,到远处的市场去赶早市;这辆雪橇一夏天都在农夫的门口闲放着,与木屑稻梗为伍,现在可有了用武之地,它的尖锐、清晰、刺耳的声音,对于早起赶路之人,也有提神醒脑的作用。农舍窗上虽然积雪很多,但是屋里的农夫早把蜡烛点起,烛光孤寂地照射出来，像一颗暗淡的星，宛如某种淳朴的美德正在做着晨祷。树际和雪堆之间，炊烟也是一处一处地从烟囱里往上飞升。

大地冰冻，远处鸡啼狗吠；从各处农舍门口，也不时传来劈柴的声音。空气稀薄干寒，只有比较美妙的声音才能传入我们的耳朵，这种声音听来都有一种简短却悦耳的颤动；凡是至清至轻的流体，波动总是少发即止，因为里面粗粒硬块，早就沉到底下去了。声音从地平线的远处传来，都清越明亮，有如钟声，冬天的空气清明，不像夏天那样有那么多杂质阻碍，因此声音听来也不像夏天那样的毛糙模糊。脚下的土地，铿锵有声，如叩坚硬的古木；一切乡村间平凡的声音，此刻听来都美妙悦耳；树上的冰条，互相撞击，其声似琤琮流水，如妙乐。大气里面一点水分都没有，水蒸气不是干化，就是凝结成冰霜了；空气十分稀薄而似有弹性，人呼吸其中，自觉心旷神怡。天似乎是绷紧了的，往后收缩，人从下往上望，很像身处大教堂中，顶上是一块连一块弧状的屋顶；空气中闪光点点，好像有冰晶浮游其间。据在格陵兰住过的人告诉我们，"那边结冰的时候，海就冒烟，像大火燎原一般；而且有一种雾气上升，名叫烟雾；这种烟雾有害健康，伤人皮肤，能使人手脸等处，生疮肿胀。"我们这里的寒气，虽然其冷入骨，然而质地清纯可提神，可清肺；我们不能把它认为是冻结的雾，只能认为是仲夏的雾气的结晶，经过寒冬的洗涤，越发变得清纯了。

太阳最后总算从远处的林间上升，阳光照处，空中的冰霜都融化了，隐隐之中似乎有铙钹伴奏，铙钹每响一次，阳光的威力逐渐增加。时间很快从黎明变成早晨，早晨也越来越老，很快地把西面远处的山头，镀上一层金色。我们匆匆地踏着粉状的干雪前进，因为思想感情更为激动，内心发出一种热力，天气也好像变得像十月小阳春似的温暖。假如我们能改造我们的生活，和大自然更能配合一致，我们也许就无须畏惧寒暑之侵，我们将同草木走兽一样，认大自然是我们的保姆和良友，她是永远照顾着我们的。

在这个季节里，大自然显得特别纯洁，这是使我们觉得最为高兴的。残干枯木，苔痕斑斑的石头和栏杆，秋天的落叶，到现在被大雪淹没，好像上面盖了一块干净的手巾。寒风一吹，无孔不入，一切乌烟瘴气都一扫而空，凡是不能坚贞自守的，都无法抵御。因此凡是在寒冷荒僻的地方（例如在高山之顶），我们所能看得见的东西，都是值得我们尊敬的，因为它们有一种坚强的淳朴的性格——一种清教徒式的坚韧。别的东西都寻求隐蔽保护去了，凡是能卓然独立于寒风之中者，一定是天地灵气之所钟，是自然界骨气的表现，它们具有和天神一般的勇敢。空气经过洗涤，呼吸进去特别有劲。空气的清明纯洁，甚至用眼睛都能看得出来。我们宁可整天处在户外，不到天黑不回家，我们希望朔风吹过光秃秃的大树似的吹彻我们的身体，使得我们更能适应寒冬的气候。我们希望由此能从大自然借来一点纯洁坚定的力量，这种力量对于我们是一年四季都有用的。

园圃春望

（德）赫尔曼·黑塞/文
陈明哲/译

　　谁要是有个园子，这会儿可正是为春天的耕作好好盘算的时候。我这么想着，信步从冬休的菜圃间走过，但见北面园边还积着少许黄色残雪，丝毫未见春天到来的迹象。可是在草原上、小河边，还有陡坡上，被晒暖的葡萄园四周，已经可以见到从泥土里挣扎出若干绿色的生命；草丛里点缀着率先吐蕊的几朵嫩黄色的地垫花，带着腼腆而又欢欣的生命力；绽放的婴眼花也张望着静谧而充满期待的世界。反观我的农园，除了冒出一些雪花莲之外，仍是一片死寂。春天很少自动为这园子带来什么——那一无所有的菜圃,正等着我去耐心照料和播种呢!

对健行者和喜爱野外的周日游客来说,现在又是个大好时机。他们可以四处漫游,怡然欣赏大地春回的奇景,看初绽的各色野花欣然点缀着如茵的草地,枝头萌发着油绿的新芽。他们折下银白色荬荑花序的枝条,拿回家做瓶插,与家人一同观赏那轻易而理所当然的滋长,惊喜于时间一到它们便一起抽芽开花的盛况。他们兴致高昂,无忧无虑,眼中所见的都是当下的美景,至于夜霜、甲虫和老鼠等的为害,根本不劳他们操心。

农园的主人这时候却不得悠闲。他们四下查看,发现许多该在冬天预备的工作,这会儿已经太迟了——这一来,今年的收成将不太乐观。他们忧心忡忡地望着去年表现不佳的菜圃和果树,再次盘点种子和块根的存量,检查农具时发现铲柄折断了,树剪子也生锈了——当然,并非所有的人都这么窝囊。像那些职业园丁,整个冬天都把心思放在工作上;还有勤劳的园艺嗜好者和聪明的家庭主妇,也都早早就做好了万全的准备。他们的工具一应俱全,刀子都磨得锃亮,储藏的种子包从不犯潮,也绝不让马铃薯和洋葱的根茎在地下室里腐烂。他们早就把新年度的耕种计划做好,不仅预先订购了所需要的粪肥,其他相关事项也都完善地照顾周到。的确,他们的表现应该赢得钦佩和赞美,而他们的农园在这一年当中的每个月份,一定也是风光得让我们的园子相形见绌。

相反的,我们的园子则是连一棵青菜都还没长出来。我们其他人都是玩儿票的,是懒虫、梦想家和冬眠者,今年又再度被春天的到来吓了一跳,发现勤快的邻居早已一切就绪,而我们还在浑浑噩噩地做着冬天的好梦!我们惭愧得无地自容,赶紧发奋追赶落后的进度,一面磨利刀剪,一面驰函向商家订购种苗。这一折腾,又浪掷了一天半日。

最后我们总算也张罗妥当,可以开工了。像往年一样,春耕的第一天总是叫人既兴奋又忐忑,同时也甚感吃力。等你额头上冒出今年第一滴汗水,靴子陷入松软沉重的泥土,执铲的手掌肿了起来并开始隐隐作痛时,你将觉得那温柔善良的三月阳光,竟会叫人感到过于暖和。几小时之后,你拖着一身疲惫与酸痛的脊骨回到屋子里,感到壁炉的热气竟是如此陌生而怪异;晚上你凑着昏灯翻阅一本园艺书籍,里面的章节固然叙述着许多令人心动的事物,却也不乏枯燥烦琐的劳役。不论如何，大自然终究是厚道的，到头来还是赐给我们一个舒适的园子，里面有一畦菠菜，一畦莴苣，少许水果，还有夏天盛开的一片花团锦簇，让人怡神悦目。

第一回合卖力松土的时候，翻掘出不少金龟子、甲虫、幼虫和虫茧；对这些为害作物的虫子，我们都痛快地一一处决；山乌和小山雀放心地停在左近，为我们鼓掌歌唱。树木和灌丛勇敢战胜了严冬，都在枝梢冒出肥硕而孕育着希望的褐色芽苞；玫瑰细小的茎干在风中摇曳，沉醉在未来繁华的美梦中。我们对周遭万物的信心与日俱增，处处都预兆着夏天的到来；而那霉暗的漫长冬季究竟是如何挨过的，实在令人不堪回首。你说这不是很不幸吗？整整五个月天昏地暗，农园休耕，闻不到香味，也看不到繁花绿叶！然而这一切现在又要重新开始了。即便今天园子仍是荒凉一片，对耕耘者来说，预期的远景已经在胚芽里，在想象中蓄势待发了。苗床已经有了生命，这里将种出一畦嫩绿的莴苣，那边有含笑的豌豆，再过去则是草莓。我们把松过的土壤耙平，沿着绳线划出播种的行列。至于周边的花坛，我们预先构思颜色与图案，划分出蓝色和白色的团块，中间点缀耀眼的鲜红，边上则用勿忘我和木犀草来装饰。亮丽的金莲花你尽管种，不必吝惜；如果想在夏天喝葡萄酒时尝点小菜，那么就在什么地方种一片红皮萝卜吧！

随着园事的逐步开展，主人的一颗痴心也辗转反侧，忧喜系之，最后归于平静。而这座不忮不求的小小园子，则奇妙地以另一种欣赏角度和想法掳获我们的心。从事园艺的乐趣大抵与创作欲和创作快感相似。人们可以在一小块土地上，按照自己的想法和意愿去耕耘，种出自己夏天爱吃的水果、爱看的颜色、爱闻的香味。人们可以在一小畦花坛或几平方米的裸地上，创造出缤纷灿烂的层层色彩，辟建心爱的角落与小小乐园。只不过这愿景也有它狭隘的限制，换言之，所有兴之所至的愿望和梦想，终究不能与大自然的法则相违，而且必须付诸行动与关心。大自然是绝不宽贷的——它也许能让人侥幸得逞，或似乎被人一时蒙蔽，但随后必然施展更强大的权柄，使你无所逃于天地。

在一年当中稍嫌太过仓促的几个温暖月份里，以赏玩为乐的老农可以观察到许多现象。只要你愿意，同时也具有那样的气质，你可以只看到欢愉的一面：在庄稼上看到土地充沛的活力，从造型和颜色上看到大自然丰富的情绪变化与想象力，从小生命身上认识人性，因为农作物也有是否宜室宜家的分别：有的省吃俭用，有的挥霍无度，有的矜持自满，有的苟且偷生。有些植物的习性和生活既小气又平庸，有的则气宇轩昂，怡然自得；有的能够敦亲睦邻，有的却彼此厌憎排斥。有的植物分布广泛，兀自荣枯生灭于野外；有的则是先天不足后天失调，像备受欺凌的可怜虫。有的植物生命力强，不仅长得极其茂盛，而且生生不息；有的则需要人们悉心照顾，才能繁衍后代。

我对适宜种作的夏季竟然以惊人的速度匆匆逝去，一向感到惊慌和疑惑。不过几个月工夫，田畦里的作物便在这短短时期里发芽、出土、成长、凋萎和死亡。我仿佛才在这块地上播下菜籽，为它们灌溉、施肥，看着它们萌芽、长大，茁壮为一片蔚然；谁知才两三度月圆月缺，这些年轻的作物便已经老了，完成了使命，等着被人收割或铲除，把空间让给其他的新生命。一个人不论从事什么行业，或是如何的无所事事，你的步调都不会比夏天的园丁更为匆忙。

因此，在农园里，一切生物原本有限的生命周期，总要比在其他地方显得更短促、更一目了然，也更容易洞察。早在种作季节尚未开始之前，人们便已经着手将食余、动物残骸、剪下的嫩枝、切除的茎干，还有苹果皮、柠檬皮、蛋壳，连同所有的排泄物倒在一起做成堆肥。农人不将垃圾的凋萎、崩解和腐烂视为无关紧要，而是仔细守护，不轻易糟蹋。阳光、雨水、雾露、空气与低温使堆肥分解，最后所有动植物的残骸回归土壤，使之色泽黝黑，肥沃而营养；没多久，胚芽便从秽污与死亡中诞生，在那清新、美好的姿色里，腐败与分解再度还原为力量。这样简单明了的循环过程，我们人类却一再困而思之，各家宗教也说得玄之又玄，殊不知，每个小小农园都有显而易见的轮回现象，不动声色地快速进行着。没有任何一个夏季的繁盛，不是受惠于去年先死者的滋养；没有任何一种农作物最后不是化为粪壤，一如它当初从土里萌生。

我怀着对春天的期盼，在自己的小园子里播种豆子、生菜、木犀草和水芹，并用其先前的残余物质给它们施肥，回顾其过去，展望将要生长的各种植物。我同大家一样，也认为这个安排得井井有条的循环过程是理所当然的，本是美事一桩，只有在播种和收获的时候偶尔会有一瞬间想到：这事好生奇怪，在地球上的一切造物当中，唯独我们人类对事物的循环还有责难，不但对物质守恒不灭感到不知足，还奢望自己个人的永生呢！

再到湖上

（美）E.B.怀特／文　冯亦代／译

大概是在一九〇四年的夏天，父亲在缅因州的某湖上租了一间露营小屋，带我们去消磨了整个八月。我们从一批小猫那儿染上了金钱癣，不得不在臂腿间日日夜夜涂上旁氏浸膏，父亲则和衣睡在小划子里；但是除了这些，假期过得很愉快。自此之后，我们中无人不认为世上再没有比缅因州这个湖更好的去处了。一年年夏季我们都回到这里来——总是从八月一日起，逗留一个月的时光。这样一来，我竟成了个水手。夏季里有时候湖里也会兴风作浪，湖水冰凉，阵阵寒风从下午刮到黄昏，使我宁愿在林间能另有一处宁静的小湖。就在几个星期前，这种想法越来越强烈，我便去买了一对钓鲈鱼的钩子，一只能旋转的盛鱼饵器，启程回到我们经常去的那个湖上，预备在那儿垂钓一个星期，再去看看那些梦魂萦绕的老地方。

我把我的孩子带了去，他从来没有让水没过鼻梁，他也只有从列车的车窗里，才看到过莲花池。在去湖边的路上，我不禁想象这次旅行将是怎样的一次。我缅想时光的流逝会如何毁损这个独特的神圣的地方——险阻的海角和潺潺的小溪，在落日掩映中的群山，露营小屋和小屋后面的小路。我缅想那条容易辨认的沥青路，我又缅想那些已显荒凉的其他景色。一旦让你的思绪回到旧时的轨迹时，简直太奇特了，你居然可以记起这么多的去处。你记起这件事，瞬间又记起了另一件事。我想我对于那些清晨的记忆是最清楚的，彼时湖上清凉，水波不兴，记起木屋的卧室里可以嗅到圆木的香味，这些味道发自小屋的木材，和从纱门透进来的树林的潮味混为一气。木屋里的间隔板很薄，也不是一直伸到顶上的，由于我总是第一个起身，便轻轻穿戴以免惊醒了别人。然后偷偷溜出小屋去到清爽的气氛中，驾起一只小划子，沿着湖岸上一长列松林的阴影航行。我记得自己十分小心不让划桨在船舷上碰撞,唯恐打搅了湖上大教堂的宁静。

这处湖水从来不该被称为渺无人迹的。湖岸上处处点缀着零星小屋,这里是一片耕地,而湖岸四周树林密布。有些小屋为邻近的农人所有,你可以住在湖边而到农家去就餐,那就是我们家的做法。虽然湖面很宽广,但湖水平静。没有什么风涛,而且,至少对一个孩子来说,有些去处看来是无穷遥远和原始的。

我谈到沥青路是对的,就离湖岸不到半英里[1]。但是当我和我的孩子回到这里,住进一间离农舍不远的小屋,就进入我所稔熟的夏季了,我还能说它与旧日了无差异——我知道,次晨一早躺在床上,一股卧室的气味,还听到孩子悄悄地溜出小屋,沿着湖岸去找一条小船。我开始幻觉到他就是小时候的我,而且,由于换了位置,我也就成了我的父亲。这一感觉久久不散,在我们留居湖边的时候,不断显现出来。这并不是全新的感情,但是在这种场景里越来越强烈。我好似生活在两个并存的世界里。在一些简单的行动中,在我拿起

---

[1] 1英里 ≈ 1.61千米。

鱼饵盒子或是放下一只餐叉,或者在我谈到另外的事情时,突然发现这不是我自己在说话。而是我的父亲在说话或是摆弄他的手势。这给我一种悚然的感觉。

次晨,我们去钓鱼。我感到鱼饵盒子里的蚯蚓同样披着一层苔藓,看到蜻蜓落在我钓竿上,在水面几英寸[1]处飞翔,蜻蜓的到来使我毫无疑问地相信一切事物都如昨日一般,流逝的年月不过是海市蜃楼,一无岁月的间隔。水上的涟漪如旧,在我们停船垂钓时,水波拍击着我们的船舷犹如窃窃私语,而这只船也就像是昔日的划子,一如过去那样漆着绿色,折断的船骨还在旧处,舱底更有陈年的水迹和碎屑——死掉的翅虫蛹,几片苔藓,锈了的废鱼钩和昨日捞鱼时的干血迹。我们沉默地注视着钓竿的尖端,那里蜻蜓飞来飞去。我把我的钓竿伸向水中,快速而又悄悄地避过蜻蜓,蜻蜓已飞出二英尺开外,平衡了一下又栖息在钓竿的梢端。今日戏水的蜻蜓与昨日的并无年限的区别——不过两者之一仅是回忆而已。我看看我的孩子,他正默默地注视着蜻蜓,而这就如我的手替他拿着钓竿,我的眼睛在注视一样。我不禁目眩起来,

---

1　1英寸 ≈ 2.54厘米。

不知道哪一根是我握着的钓竿。

　　我们钓到了两尾鲈鱼,轻快地提了起来,好像钓的是鲭鱼,把鱼从船边提出水面完全像是理所当然,而不用什么抄网,接着就在鱼头后部打上一拳。午餐前当我们再回到这里来游泳时,湖面正是我们离去时的老地方,连码头的距离都未改分厘,不过这时却已刮起一阵微风。这地方看来完全是使人入迷的海湖。这个湖你可以离开几个钟头,听凭湖里风云多变,而再次回来时,仍能见到它平静如故,这正是湖水的可靠之处。在水浅的地方,如水浸透的黑色的枝枝丫丫,陈旧又光滑,在清晰起伏的沙底上成丛摇晃,而蛤贝的爬行踪迹也历历可见。一群小鱼游了过去,游鱼的影子分外触目,在阳光下是那样清晰和明显。另外还有来宿营的人在游泳,沿着湖岸,其中一个拿着一块肥皂,水便显得模糊和非现实的了。多少年来总有这样的人拿着一块肥皂,这个有洁癖的人,现在就在眼前。年份的界限也跟着模糊了。

　　上岸后到农家去吃饭,穿过丰饶的满是尘土的田野,在我们的橡胶鞋脚下踩着的只是条两股车辙的道路,原来中间那一股不见了,本来这里布满了牛马的蹄印和薄薄一层干透了的粪土。那里过去是三股道,任你选择步行的;如今这个选择已经缩减到只剩两股了。有一刹那我深深怀念这可供选择的中间道。小路引我们走过网球场，蜻蜓在阳光下再次给我信心。球网的长绳放松着，小道上长满了各种绿色植物和野草，球网（从六月挂上到九月才取下）这时在干燥的午间松弛下垂，日中的大地热气蒸腾，既饥渴又空荡。农家进餐时有两道点心可资选择，一种是紫黑浆果做的馅饼，另一种是苹果馅饼；女侍还是过去的普通农家女，那里没有时间的间隔，只给人一种幕布落下的幻象——女侍依旧是十五岁，只是秀发刚洗过，这是唯一的不同之处——她们一定看过电影，见过一头秀发的漂亮女郎。

夏天，啊！夏天，生命的印痕难以磨灭，那永远不会失去光泽的湖，那不能摧毁的树林，牧场上永远永远散发着香蕨木和红松的芬芳，夏天是没有终了的；这只是背景，而湖岸上的生活才正是一幅图画，带着单纯恬静的农舍，小小的停船处，旗杆上的美国国旗衬着飘浮着白云的蓝天在拂动，沿着树根的小路从一处小屋通向另一处，小路还通向室外厕所，放着那铺洒用的石灰，而在小店出售纪念品的一角里，陈列着仿制的桦树皮独木舟和与实景相比稍有失真的明信片。这是美国家庭在游乐，逃避城市里的闷热，想一想住在小湖湾那头的新来者是"一般人"呢,还是"有教养的"人,想一想星期日开车来农家的客人会不会因为小鸡不够供应而吃了闭门羹。

对我来说,因为我不断回忆往昔的一切,那些时光、那些夏日是无穷宝贵而永远值得怀念的。这里有欢乐、恬静和美满。到达(在八月的开始)本身就是件大事情,农家的大篷车一直驶到火车站,第一次闻到空气中松树的清香,第一眼看到农人的笑脸,还有那些重要的大箱子和你父亲对这一切的指手画脚,然后是你座下的大车在十里路上的颠簸不停,在最后一重山顶上看到湖面的第一眼,梦魂萦绕的这汪湖水,已经有十一个月没有见过了。其中宿营人看见你去时的欢呼和喧哗,箱子要打开,把箱里的东西拿出来。(今天抵达已经较少兴奋了,你一声不响地把汽车停在树下近小屋的地方,下车取了几个行李袋,只要五分钟一切就都收拾停当,一点没有骚动,没有搬大箱子时的高声叫唤了。)

恬静、美满和愉快。这儿现在唯一不同于往日的,是这地方的声音,真的,就是那不平常的使人心神不宁的舱外推进器的声音。这种刺耳的声音,有时候会粉碎我的幻想而使年华飞逝。在那些旧时的夏季里,所有的马达是装在舱里的,当船在远处航行时，发出的喧嚣是一种镇静剂，一种催人入睡的含混不清的声音。这是些单汽缸或双汽缸的发动机，有的用通断开关，有的是电花跳跃式的，但是都产生一种在湖上回荡的催眠声调。单汽缸噗噗震动，双汽缸则咕咕噜噜，这些也都是平静而单调的音响。但是现在宿营人都用的是舱外推进器了。在白天，在闷热的早上，这些马达发出急躁刺耳的声音。夜间，在静静的黄昏里，落日余晖照亮了湖面，这声音在耳边像蚊子那样哀诉。我的孩子钟爱我们租来使用舱外推进器的小艇，他最大的愿望是独自操纵，成为小艇的权威，他要不了多久就学会稍稍关闭一下开关（但并不关得太紧），然后是调整针阀的诀窍。注视着他使我记起在那种单汽缸而有沉重飞轮的马达上可以做的事情，如果你能摸熟它的脾性，你就可以应付自如了。那时的马达船没有离合器，你登岸前就得在恰当的时候关闭马达，熄了火用方向舵滑行到岸边。但也有一种方法可以使机器开倒车，如果你学到这个诀窍，先关一下开关，然后在飞轮停止转动前，再开一下，这样船就会承受压力而倒退过来。在风力强劲时要接近码头，若用普通靠岸的方法使船慢下来就很困难了，如果孩子认为他已经完全主宰马达，他应该使马达继续发动下去，然后退后几英尺，靠上码头。这需要镇定和沉着的操作，因为你如果很快地把速度开到一秒钟二十次,你的飞轮还会有力量超过中度而跳起来像斗牛一样冲向码头。

我们过了整整一个星期的露营生活,鲈鱼上钩,阳光照耀大地,永无止境,日复一日。晚上我们疲倦了,就躺在为炎热的太阳所蒸晒了一天而显得闷热的湫隘卧室里,小屋外微风吹拂使人嗅到从生锈了的纱门透进的一股潮湿味道。瞌睡总是很快来临,每天早晨红松鼠一定会在小屋顶上嬉戏,招到伴侣。清晨躺在床上——那个汽船像非洲乌班基人嘴唇那样有着圆圆的船尾,它在月夜里又是怎样平静航行的,当青年们弹着曼陀铃,姑娘们跟着唱歌时,我们则吃着撒着糖末的多福饼,而在这到处发亮的水上,夜晚乐声传来又是多么甜蜜,人们想起姑娘时又是什么样的感觉。早饭过后,我们到商店去,一切陈设如旧——瓶里装着鲦鱼、塞子和钓鱼的旋转器混在牛顿牌无花果和皮姆牌口香糖中间,被宿营的孩子们移动得杂乱无章。店外大路已铺上了沥青,汽车就停在商店门前。店里,与往常一样,不过可口可乐更多了,而莫克西水、药草根水、桦树水和菠萝水不多了,有时汽水会冲我们一鼻子,而使我们难受。我们悄悄地在山间小溪旁探索,那儿乌龟在太阳暴晒的圆木间爬行,一直钻到松散的土地下,我们则躺在小镇的码头上,用虫子喂食游乐自如的鲈鱼。随便在什么地方,都分辨不清当家做主的我,和与我形影不离的那个人。

有天下午我们在湖上。雷电来临了,又重演了一出我儿时所畏惧的闹剧。这出戏第二幕的高潮,在美国湖上的电闪雷鸣下所有重要的细节一无改变,这是个宏伟的场景,至今还是幅宏伟的场景。一切都显得那么熟稔,首先感到透不过气来,接着是闷热,小屋四周的大气好像凝滞了。过了下午的傍晚之前(一切都是一模一样的),天际垂下古怪的黑色,一切都凝住不动,生命好像夹在一卷布里,接着从另一处来了一阵风,那些停泊的船突然向湖外漂去,还有那作为警告的隆隆声。之后,铜鼓响了,接着是小鼓,然后是低音鼓和铙钹,再以后乌云里露出一道闪光,霹雳跟着响了,诸神在山间咧嘴而笑,鼓着他们的腮帮子。之后是一片安静,雨点打在平静的湖面上沙沙作声。光明、希望和心情的奋发,宿营人带着欢笑跑出小屋,平静地在雨中游泳,他们爽朗的笑声,关于他们遭雨淋的永无止境的笑语,孩子们愉快地尖叫着在雨里嬉戏,有了新的感觉而遭受雨淋的笑话,用强大的不可毁的力量把几代人连接在一起。遭人嘲笑的人却撑着一把雨伞蹚水而来。

当其他人去游泳时,我的孩子也说要去。他把水淋淋的游泳裤从绳子上拿下来，这条裤子在雷雨时就一直在外面淋着，孩子把水拧干了。我无精打采，一点也没有要去游泳的心情，只注视着他，他健壮的小身子，瘦骨嶙峋，看到他皱皱眉头，穿上那条又小又潮湿且冰凉的裤子，当他扣上泡涨了的腰带时，我的下腹为他打了一阵死一样的寒战。

山口

（俄）蒲宁／文　戴骢／译

夜幕已垂下很久，可我仍举步维艰地在崇岭中朝山口走去，朔风扑面而来，四周寒雾弥漫，我对于能否走至山口已失却信心，我牵在身后的那匹浑身湿淋淋的、疲惫的马，驯顺地跟随着我亦步亦趋，叮叮当当地碰响着空荡荡的马镫。

在迷蒙的夜色中，我走到了松林脚下，过了松林便是这条通往山巅的光秃秃的荒凉的山路了。我在松林外歇息了一会儿，眺望着山下宽阔的谷地，心中漾起一阵奇异的自豪感和力量感，这样的感觉，人们在居高临下时往往都会油然而生。我遥遥望见山下很远的地方，那渐渐昏暗下去的谷地紧傍着狭窄的海湾，岸边点点灯火犹依稀可辨。那条海湾越往东去就越开阔，最终形成一堵烟霞空蒙的暗蓝色障壁，围住了半壁天空。但在深山中已是黑夜了。夜色迅速地浓重起来，我向前走去，离松林越来越近。只觉得山岭变得越来越阴郁，越来越森严，由高空呼啸而下的寒风，驱赶着浓雾，将其撕扯成一条条长长的斜云，使之穿过山峰间的空隙，迅疾地排空而去。高处的台地上缭绕着大团大团松软的雾。半山腰中的雾就是由那儿刮下来的。雾的坠落使得群山间的万仞深渊看上去更显阴郁，更显幽深。雾仿佛使松林冒起了白烟，并随同喑哑、深沉、凄冷的松涛声向我袭来。周遭弥漫着冬天清新的气息，寒风卷来了雪珠……夜已经很深了，我低下头避着烈风，久久地在山林构成的黑咕隆咚的拱道中冒着浓雾向前行去，耳际回响着隆隆的松涛声。

"马上就可以到山口了，"我宽慰自己说，"马上就可以翻过山岭到没有风雪而有人烟的明亮的屋子里去休息了……"

但是半个小时过去了，一个小时过去了……每分钟我都以为再走两步就可到达山口，可是那光秃秃的石头坡道却怎么也走不到尽头。松林早已落在半山腰，低矮的歪脖子灌木丛也早已走过，我开始觉得累了，直打寒战。我记起了离山口不远的松树间有好几座孤坟，那里埋葬着被冬天的暴风雪刮下山的樵夫。我感觉到我正置身于人迹罕至的荒山之巅，感觉到在我四周除了寒雾和悬崖峭壁，别无一物。我不禁犯起愁来：我怎么去走过那些像人的躯体那样黑魆魆地兀立在迷雾中的孤单的石头墓碑？既然现在我就已失去了时间和地点的概念，我还会有足够的力气走下山去吗？

前方，透过飞快地排空而去的浓雾，模模糊糊地可以看到一些黑黢黢的庞然大物……那是昏暗的山包，活像一头头睡着的熊。我在这些山包上攀行着，从一块石头跨到另一块石头，马吃力地跟着我攀行，马掌踏在湿漉漉的圆石子上，发出叮叮当当的声响，一个劲儿地打着滑。突然我发现路重又开始缓慢地向上升去，折回深山之中！我不由得立刻停下来，绝望的心绪攫住了我的身心。紧张和劳累使我浑身发抖。我的衣服全被雪淋湿了，朔风更是刺透了衣服，刮得我冷彻骨髓。要不要呼救呢？可此刻连牧羊人也都带着他们的山羊和绵羊躲进了荷马时代的陋屋之中，还有谁会听见我的呼救声呢？我惊恐地环顾着四周："我的天啊，难道我迷路了不成?"

夜深了。松林在远方睡意蒙眬地发出一阵阵喑哑的涛声。夜变得越来越神秘诡谲,我感觉到了这一点,虽然我并不知道此刻是什么时间,而我又身在何方。现在,连深谷中最后一星灯火也熄灭了,灰蒙蒙的雾淹没了整个山谷。雾知道它的时刻来到了,这将是漫长的时刻,在此期间大地上的万物似乎都已死绝,早晨似乎永远不会再来,唯独雾将会不停地增多,把森严的群山裹没,在深夜里护卫着它们,除此之外,还有山林会不停地发出低沉的涛声,而在荒凉的山口,雪将会下得越来越大,越来越密。

为了避风,我转过身子面对着马。和我在一起的生物就只有这匹马了!可马连看都不看我一眼!它已浑身湿透,冷得直打寒战,背拱了起来,背上很不舒服地戳起着高高的马鞍。它驯顺地耷拉着脑袋,两耳紧贴在脑袋上。我狠命地拉紧缰绳,重又把脸转向风雪,重又执着地迎着风雪走去。我试图看清我四周有些什么东西,但是我看到的只是漫天飞驰的灰蒙蒙的雪尘,刺得我眼睛都睁不开来。我侧耳静听,能够听到的只是耳畔呼呼的风声和身后马镫相互碰撞发出的单调的叮当声……

然而奇怪的是我的绝望的心情反使我坚强起来。我的步子迈得比以前勇敢了，我怨恨地谴责着某个人逼得我不得不忍受一切，对那人的谴责使我的心情快活起来。满腔的怨恨化作一种郁悒的坚毅的顺从，甘愿对于凡是我必须忍受的事物都逆来顺受，哪怕永无出路我也感到甜蜜……

临了，我终于走到了山口。但此刻我已经对一切都无所谓了。我走在平坦的草地上。狂风把浓雾像一绺绺发辫似的撕扯而去，几乎要把我吹倒在地，可我根本没去留意这风。单凭这呼呼的风声，单凭这弥天的大雾就可感觉到夜正深邃地主宰着群山，渺小的人类早已在谷地中一幢幢渺小、窳陋的屋子内进入了梦乡；但我并不着急，并不急于去寻个栖身之所，我咬紧牙关走着，不时嘟嘟囔囔地对马说："走，走。只要咱俩不倒下，就豁出命来走。在我的一生中，像这样崎岖荒凉的山口已不知走过多少！灾难、痛苦、疾病、恋人的变心和被痛苦地凌辱的友谊，就像黑夜一样，铺天盖地地压到我身上。于是我不得不同我所亲近的一切分手，无可奈何地重又挂起云游四方的香客的拐杖。可是通向新的幸福的坡道是险峻的，高得如登天梯，而且在山巅迎接我的将是夜、雾和风雪。在山口等待着我的将是可怕的孤独……但是咱俩还是走吧,走吧!"

我磕磕绊绊地向前走去,仿佛在做梦。离拂晓还早着呢。下山到谷地得走整整一夜的时间,也许要到黎明时方能在什么地方睡上一觉——蜷缩着身子,沉沉睡去,心里只有一个感觉——在冰天雪地中跋涉之后进入温暖梦乡所感到的甜蜜。

天亮后,白天又将以人和阳光使我高兴起来,又将久久地迷惑我……可或许不等白天到来,我就会在山间的什么地方倒下去呢?于是我将永远留在这自古以来荒无人烟的光秃秃的山巅之中,永远留在黑夜和风雪之中了。

父亲与我

（瑞典）帕尔·拉格克维斯特/文 李笠/译

记得是一个星期天的下午，那时我快满十岁，父亲拉着我的手，一块儿去森林，去那里听鸟的歌声。我们挥手同母亲告别，她留在家里，因为要做晚饭，不能与我们同去。太阳暖暖地照着，我们精神抖擞地上了路。其实，我们并不把去森林、听鸟鸣看作一件了不起的大事，好像有多么稀奇或怎么的。父亲和我都是在大自然的怀抱中长大的，熟悉了它的一切，去不去森林，是并不打紧的。当然，我们也不是今天非去不可，只是趁星期天，父亲休息在家罢了。我们走铁路线上,这里一般是不让走的,但父亲在铁路工作,便享受了这份权利。这样,我们也就可以直接去森林,无须绕圈子,走弯路了。

我们刚走入森林,四周便响起了鸟雀的啁啾和其他动物的鸣叫。燕雀、柳莺、山雀和歌鸫在灌木丛里欢唱,它们悦耳的歌声在我们的身边飘荡。地面上铺满了一层厚厚的银莲花,白桦树刚绽出淡黄的叶子,松树吐出了嫩芽,四周弥漫着树木的气息。在太阳的照射下,泥土腾起缕缕蒸气,这里处处充满了生机。野蜂正从它们的洞穴里钻出,昆虫在沼泽地里飞舞,一只鸟突然像子弹似的从灌木丛中穿出,去捕捉那些虫类,而后,又以同样的速度拍翼而下。正当万物欢跃的时候,一列火车呼啸着向我们驶来,我们跨到路基旁,父亲把两指对着礼帽,朝车上的司机行礼,司机也舞动一只手向他回敬。这一切都在瞬间完成。我们继续踏着枕木往前走,枕木上的沥青在烈日的暴晒下正在熔化。这里交杂着各种气味,有汽油的,有杏花的,有沥青的,也有石楠树的。我们迈着大步,尽量踩在枕木上,因为轨道上的石子太尖,会把鞋底磨坏。路轨两旁竖着一根根的电线杆,人从旁边擦过时,它们会发出唱歌一般的声音,这真是一个迷人的日子!天空晶蓝透明，不挂一丝云彩。父亲说，这种天气是不多见的。过不久，我们来到铁轨右侧的燕麦地里。我们在这里认识的那个佃户，有一块火烧地，燕麦长得又整齐又稠密，父亲带着行家的表情观察着它们，随后脸上露出满意的神态。那时，我对农家之事不怎么懂，因为我长时间住在城里。我们走过一座桥，桥下的小河很少有过这么多的水，河水在欢腾着流动。我们手拉着手，以免从枕木间掉下去。过桥一会儿，便到了护路工的小屋，小屋掩映在浓密的翠绿之中，四周是苹果树和醋栗。我们走进去，和里面的人打招呼，他们请我们喝了牛奶。然后，我们去看他们养的猪、鸡和盛开着鲜花的果树。看完了，又继续赶路。我们想去那条大河，那里的风景比哪儿都好，而且很别致。河流蜿蜒北去，流经父亲童年的家乡。我们通常得走好长的路才返回，今天也一样，走了很久，几乎到了下一个车站，我们才收住脚。父亲只想看看信号是否放在不适当的位置，他真细心。我们在河边停了下来，河水在烈日下轻缓地拍击着两岸，发出悠扬的声音。沿岸苍苍的落叶林把影子投在波光粼粼的河面上。这里，所有的一切都明亮、新鲜。微风从前面的湖上吹来。我们走下坡，顺着河岸走了一阵，父亲指点着钓鱼的地方。小时候，他常常一整天坐在石上，垂着鱼竿静候鲈鱼，但往往连鱼的影子都见不着。不过，这种生活是很悠闲快活的，但现在没时间钓鱼了。我们在河边闲逛着，大声笑闹着，把树皮抛入河里，水波立刻将它们带走，又向河里扔小石块，看谁扔得远。父亲和我们都快活极了。最后，我们感到有点儿累了，觉得已经尽兴，便开始往家里走。

这时，暮色降临了，森林起了变化，几乎快变成一片黑色。我们加快脚步，母亲现在一定焦急地等待我们回家吃饭。她总是提心吊胆，怕有什么事会发生，这自然是不会的。在这样好的日子里，一切都应该安然无事，一切都会叫人称心如意。天空越来越暗，树的模样也变得奇怪，它们伫立着静听我们的脚步声，好像我们是奇异的陌生人。在一棵树上，有只萤火虫在闪动，它趴着，盯视黑暗中的我们。我紧紧抓着父亲的手，但他根本不看这奇怪的光亮，只是走着。天完全黑了，我们走上那座桥，桥可怕的声响仿佛要把我们一口吞掉，黑色的缝隙在我们的脚下张大着嘴，我们小心地跨着每道枕木，使劲拉着手，怕从上面坠下去。我原以为父亲会背我走的，但他什么也不说。也许，他想让我和他一样，对眼前的一切置之不理。我们继续走着。黑暗中的父亲神态自若，步履匀稳，他沉默着，在想自己的事。我真不懂，在黑暗中，他怎会如此镇定，我害怕地环顾四周，心扑通扑通地狂跳着。四下一片黑暗，我使劲地憋着呼吸。那时，我的肚子里早已填满了黑暗。我暗想，好险呵，一定要死了，我清楚地记得那时我确实是这样想的。铁轨徒然地斜着，好像陷入了黑暗无底的深渊。电线杆魔鬼似的伸向天空，发出沉闷的声音，仿佛有人在底下嘁语，它上面的白色瓷帽惊恐地缩成一团，静听着这些可怕的声音。一切都叫人毛骨悚然，一切都像是奇迹，一切都变得如梦如幻，飘忽不定。我挨近父亲，轻声说："爸爸，为什么在黑暗中，一切都这样可怕呀？"

"不，孩子，没什么可怕的。"他说着，拉住我的手。

"是的，爸爸，真可怕。"

"不，孩子，不要这样想，我们知道上帝就在世上。"

我突然感到我是多么孤独，仿佛是个弃儿。奇怪呀，怎么就我害怕，父亲一点感觉也没有，而且，我们想得不一样。真怪，他也不说帮助我，好叫我不再担惊受怕，他只字不提上帝会庇护我。在我心里，上帝也是可怕的。呵，多么可怕！在这茫茫黑暗中，到处有他的影子。他在树下，在不停絮语的电话线杆里——对，肯定是他——他无处不在，所以我们才总看不到。

我们默默地走着,各自想着心事。我的心紧缩成一团,好像黑暗闯了进去,并开始抱住了它。

我们刚走到铁轨转弯处,一阵沉闷的轰隆声猛地从我们的背后扑来,我们从沉思中惊醒,父亲蓦地将我拉到路基上,拉入深渊,他牢牢地拉着我。这时,火车轰鸣着奔来,这是一列乌黑的火车,所有的车厢都暗着,它飞也似的从我们身旁掠过。这是什么火车?现在照理是没有火车的!我们惊惧地望着它,只见它那燃烧着的煤在车头里扬着火焰,火星在夜色里四处飞蹿,司机脸色惨白,站着一动不动,如一尊雕像,被火光清晰地映照着。父亲认不出他是谁,也不认识他。那人两眼直愣愣地盯视前方,似乎要径直向黑暗开去,深深扎入这无边的黑暗中。

恐惧和不安使我呼吸急促,我站着,望着眼前神奇的情景。火车被黑夜的巨喉吞掉了,父亲重新把我拉上铁轨,我们加快了回家的脚步。他说:"奇怪,这是哪列火车,那司机我怎么不认识?"说完,一路没再开口。

我的整个身子都在战栗,这话自然是对我说的,是为了我的缘故。我猜到这话的含义,料到了这欲来的恐惧,这陌生的一切和那些父亲茫然无知、更不能保护我的东西。世界和生活将如此在我的面前出现！它们与父亲那时安乐平和的世界截然不同。啊！这不是真正的世界，不是真正的生活，它们只是在无边的黑暗中冲撞、燃烧。

四季生活

（俄）谢尔盖·阿列克赛耶维奇·沃罗宁/文

曹世文/译

每当清晨，我拉起用木条制成的黄色百叶窗时，都能看见她。她高耸、挺拔，永远伫立在我窗前。秋夜，她消融在幽暗之中，不见了；而你若相信奇迹，便会以为她走到别的地方去了，因为不见了。但刚一露出曙光，白昼的一切尚在酣睡，隐约感到清晨的气息时，她又已出现在原处了。

我凝视着她，不禁萌生出奇思异想。她想必有自己的生活吧，又有谁知道，如果苍天赋予我认识大自然全部的完美的感官，也许我眼前会展现出一个神奇的世界。这个世界具有一切生物所固有的伟大的和渺小的感情，这些感情人是无法理喻的。然而我仅有五种感官，况且由于人类历尽沧桑，这些感官已不那么灵敏了。

而她生机勃勃！她日益茁壮，逐年增高。如今我得略微抬头，才能从窗口看见她那清风般轻盈的、透亮的树梢。可十年前，半个窗框便能把她容纳下。

春

她的枝条刚刚摆脱漫长的严冬，还很脆硬，犹如加热过度的金属。春风吹过，枝条簌簌作响。鸟儿还没在枝叶茂密的枝头筑巢。然而她已苏醒。这是一天清晨我才知道的。

邻居走到她跟前，用长钻头在她的树干上钻了个深孔，把一根不锈钢的小槽插进孔中，以便从槽中滴出浆汁。果然，浆汁滴了出来，像泪珠那样晶莹、像虚无一般明净。

"这并不是您的白桦。"我对邻居说。

"可也不是您的。"他回敬我。

是啊，她长在我的围墙外。她不是我的，但也不是他的。她是公共的，确切些说，她谁的也不是，所以他可以损害她，而我无法对他加以禁止。

他从罐子里把白桦树透明的血液倒进小玻璃杯里,一小口一小口把它喝干。

"我需要树汁,"他说,"里面有葡萄糖。"

他回家去了,在树旁留下一个三公升的罐子,以便收集葡萄糖。树汁像从没有关紧的龙头里一滴一滴地迅速流下来。既然流出这么多树汁,那么他破坏了多少毛细管哟?……她也许在呻吟?她也许在为自己的生命担忧?我不得而知,因为我既没有第六感觉,也没有第七感觉,更没有第一百感觉、第一千感觉。我只能对她表示怜悯而已……

然而,一个星期后,伤口上长出一道褐色的疤,她自己治好了伤口。恰恰这时她身上的一颗颗苞芽鼓胀起来,从苞芽里绽出嫩绿的新叶,成千上万的新叶。目睹这些浅绿色的雾霭,我心里充满了喜悦。我的生活少不了她这棵白桦树,我习惯了她的存在。我对她永远伫立在我的窗前已经习惯了;而且在这不渝的忠诚和习惯中,蕴蓄着一种令我精神振奋的东西。的确我少不了她,尽管她根本不需要我。没有我,就像没有任何类似我的人一样,她照样生活得很好。

夏

　　她保护着我。我的住宅离大路一百米左右,大路上行驶着各种车辆:货车,小轿车,公共汽车,推土机,自卸卡车,拖拉机。车辆成千上万,来回穿梭。还有灰尘。路上的灰尘多大啊!灰尘飞向我的住宅,假若没有她——这棵白桦树,会有多少灰尘钻进窗户,落到桌子上、被褥上,飞进肺里啊。她把全部灰尘吸附在自己身上了。

　　夏日里,她绿荫如盖。一阵轻风拂过,它便婆娑起舞。她的叶片浓密,连阳光也无法照进我的窗户。但夏季屋里恰好不需要阳光。沁人心脾的阴凉比灼热的阳光强百倍。然而,白桦树却整个儿沐浴在阳光里。她的簇簇绿叶闪闪发亮,苍翠欲滴,枝条茁壮生长,越发刚劲有力。

　　六月里没有下过一场雨,连杂草都开始枯黄。然而,她显然已为自己贮存了以备不时之需的水分,所以丝毫不遭干旱之苦。她的叶片还是那样富有弹性和光泽,不过长大了,叶片滚圆,而不再是锯齿形状,像春天那样了。

　　之后,雷电交加,整日在我的住宅附近盘旋,越来越阴沉,沉闷地——犹如在自己身体里——发出隆隆轰鸣,入暮时分,终于爆发了。正值白夜季节,风仿佛只想试探一下——这白桦树多结实?多坚强?白桦树并不畏惧,但好像因灾难临头而感到焦灼,她抖动着叶片,作为回答。于是大风像一头狂怒的公牛,骤然呼啸起来,向她扑去,猛击她的躯干。她蓦地摇晃了一下,为了更易于站稳脚跟,把叶片随风往后仰,于是树枝宛如千百股绿色细流,从她身上流下。电光闪闪,雷声隆隆。狂风停息了,滂沱大雨从天而降。这时,白桦树顺着躯干垂下了所有的枝条,无数股细流从树枝上流下,像从下垂的手臂流到地上。她懂得应该如何行动,才能岿然不动,确保生命无虞。

七月末,她把黄色的小飞机(指白桦树的果实,扁平且很小,叫翅果,长得像小飞机)撒遍了自己周围的大地。无论是否刮风,她把小飞机抛向四面八方,尽可能抛得离自己远些,以免她那粗大的树冠妨碍它们吸收更多的阳光和雨露,使它们长成茁壮的幼苗。是啊,她与我们不同,有自己的规矩。她不把自己的儿女拴在身旁,所以她能永葆青春。

那年,田野里,草场上,山谷中,长出了许多幼小的白桦树。唯独大路上没有。

若问大地上什么最不幸,那便是道路了。道路上寸草不生，而且永远不会长出任何东西来。哪里是道路，哪里便是不毛之地。

秋

　　太阳躲开我的住宅，也躲开白桦树。树叶立刻开始发黄，而且越来越黄，仿佛在苦苦哀求太阳归来。但太阳总是不露面。瓦灰色的浮云好似令人焦虑的战争的硝烟，向天宇铺天盖地地涌来，又如巨浪相逐，遮蔽了一切。云片飞得很低，险些触及电视天线。下起了绵绵秋雨，雨水淅淅沥沥地下着，从一根树枝滴落到另一根树枝上。淫雨不舍昼夜，一切都变得湿漉漉的了，土地不再吸收雨水，或者是所有的植物都不再需要水分了吧。

　　夜里，我醒来了。屋里多么黑暗，多么寂静啊！……只听见雨珠从树枝上滴下时发出的簌簌声。萧瑟而连绵不绝的秋雨的簌簌声好生凄凉啊。我起床，抽起烟来，推开窗户，于是看见了她那在秋日的昏暗中依稀可辨的身影。她赤身露体，任凭风吹雨打。翌日清晨，寒霜突然降临。随之又是几度霜冻，于是白桦树四周铺上了一圈黄叶。这一些全都发生在寒雾中。然而，当树叶落尽，太阳露出脸来时，处处充满忧郁气氛，尤其是在她的周围，因为就在不久前，这里还是青翠葱茏，一切都光艳照人，欣欣向荣。过去，一切都是这样美不胜收，朝气勃勃，如今却突然消失了。将要下起蒙蒙细雨来，树叶将要腐烂发黑，僵硬的树枝将要在冷风中瑟缩，水洼将要结冰，鸟儿将要飞走。死寂的黑夜将要拖得很长，在冬季里它将会更加漫长。暴风雪将要怒吼，严寒将要肆虐……

冬

我离开家了。我不能留在那里，为不久前还使我欣喜和对生活充满信心的事物的消亡而苦恼。我搭飞机飞向南方。到了辛菲罗波尔之后，我便改乘出租汽车了，我又惊又喜地仔细观看温暖的南国的苍翠。一见黑海，我便悄声笑了。

浩渺、温暖的海。我潜进水里，向海底，向绿色的礁石游去。我喝酸葡萄酒，吃葡萄，精疲力竭地躺在暖烘烘的沙滩上，眺望大海，观看总是饥肠辘辘，为了一块面包而聒噪的海鸥。接着我又游进温暖的海水中，攀上波峰，滑下浪谷，又攀上去。我又喝酸葡萄酒，吃烤羊肉，钻进暖烘烘的沙子里。在我身边的也是像我一样从自己的家园跑到这片乐土来的人们。大伙儿欢笑啊,嬉戏啊,在海滩上寻找斑斓的彩石,尽量不想家里发生的事情。这样会更轻松、更舒坦些。但要抛弃家园是办不到的,就像无法抛弃自己一样。

于是我回家了。四周一片冰天雪地。她也兀立在雪堆里。我不在时,刺骨的严寒逞凶肆虐,把她的躯干撕破了。撕裂得虽不严重,但落上一层雪的白韧皮映入我的眼帘。我抚摩了一下她的躯干。她的树皮干瘪、粗糙。这是辛勤劳作的树皮,同南方的什么"不知羞耻树"的树皮迥然不同。这里,一切都是为了同淫雨、暴雪、狂风搏斗。所以,像平时见到她时那样,我又萌生出各种奇思异想。我暗自忖度:你看哪,她不离开故土,不抛弃哺育自己和自己儿女的严峻的土地。她没有离去,而只是把自己的苞芽藏得更严实,裹得更紧,使它们免遭严寒的摧残,开春时迸发出新叶,然后培育出种子,把它们奉献给大地,使生命万古长存,永葆青春。是啊,她有自己的职责,而且忠诚不渝地履行这些职责,就像永远必须做那些为了生存下去而必须做的事情一样。

北风劲吹。像骨头似的硬邦邦的树枝互相碰撞,噼啪作响。刮北风的时间一向很长,一刮就是一个星期,两个星期。这样一来,一切生物都得倍加小心,更何况天气严寒呢。好在我的住宅多少保护着她。但她毕竟还要挨冷受冻啊,严寒要持续很长时间,以致许多羸弱的生命活不到来年开春。但她能活到这个季节,她挺得住,而且年复一年地屹立在我的窗前……

父亲

（美）利奥·罗斯滕／文　徐万里／译

安葬父亲后不久，对父亲的回忆——他的每一次大笑，每一声叹息，都像难以预测的涓涓细流时时在我的脑中流过。父亲为人坦率，没有一丝虚假或伪善。他的情趣纯真无邪，他的愿望极易满足。他从不将自己的意志强加于别人，他对闲言碎语深恶痛绝，从不知道什么叫怨恨或嫉妒。我很少听到过他有什么抱怨，从未听到过他亵渎别人的话。在过去的五十年里。我记不得他讲过低俗或恶意的想法。

父亲很爱母亲，对她总是体贴入微，并常为有这样一位美貌贤惠的妻子感到自豪。步入晚年后,他起床的第一件工作便是煮咖啡(他煮得一手好咖啡),然后一边看报,一边呷着咖啡,等着母亲前来与他共享"少是夫妻老来伴"的欢乐。

我不知道还有谁比他更喜欢看报纸。他看起报纸来总是津津有味,即使一条新闻也细细品尝。在他看来,晨报重现着每日生活的新意,是奇迹与愚行的舞台。

父亲是个天生的"故事大王",常以逗别人大笑为乐。他总是将自己刚听到的最新笑话或故事讲给大家听。当我年幼时,他常用一些幽默故事和哑剧逗我。或鼓着腮帮,或滴溜着眼珠,或模仿着一种走路姿势。他可以在你面前活灵活现地装扮出一个人物来。

他常用诙谐的幽默引得我们捧腹大笑。有时他兴致勃勃地问:"你们猜今早我见到谁了?"

"谁?"

"邮递员。"

或者他伸出食指,问:"你们知道为什么伍德罗·威尔逊不会用这根手指写字吗?"

"不知道。为什么?"

"因为这是我的指头。"

这些事听起来很荒唐,是吗?不过你或许根本无法想象它给我带来的乐趣。然而在绞尽脑汁取乐一个小孩子的同时,父亲自己也感受到人世间的天伦之乐。

在我做了爸爸后,父亲又开始给他的孙子们讲他那些幽默可笑的故事。"唉,"他常叹道,"当年我跟你们一般年纪时,我可以将手举这么高(他将手举过头顶),可是现在只能举到这儿(他又将手举到肩膀那么高)。"

这时,孩子们总是皱眉挠头,绞尽脑汁寻思这是怎么回事。

"啊,是呀,"见孩子们仍在云里雾里,他又说,"过去能举这么高,现在却不行了——"

旋即,孩子们异口同声地惊叫起来:"爷爷,可是您刚才还能举那么高呢!"

此时他便开心地大笑起来,要么拉过来在脸上猛吻,要么高高举过头顶,同时还夸奖说:"喔唷,这些机灵鬼!"

幽默风趣是父亲的天性。来芝加哥定居后不久,他就去参加一所外国人举办的夜校。老师问他:"你可以就名词举一个例子吗?"

"门。"父亲回答。

"很好。那么,请再举一例。"

"另一扇门。"他说。

父亲喜欢唱歌,并且唱得很不错。不过他的鼾声也如响雷。父亲打鼾,姐姐说呓语,整个屋子里彻夜不得安宁。

父母对我的学习成绩很是满意。很小的时候,我就懂得拿上一本书就可以逃避干家务活。瞥见我看书时,他总是拍着我的脑袋瓜说:"很好,你在这儿积累知识!"他常对人类大脑所创造的奇迹赞叹不已。

在我十一岁时,父亲开始教我下棋。六七个月后,当我第一次赢了他时,他高兴得直拍手,见人就讲,逢人便说。

他热爱这个国家,视美国为一块宝地。父亲过去曾是波兰一家纺织工厂的织袜工。定居美国后,他又织运动衫。二十多岁时,他只身一人来到美国,后来才将我和母亲接了过来。在芝加哥,父亲每周要在一台笨重的织机上工作六十多个小时。

他得在黎明前起床,在滴水成冰的季节,要乘一个多小时的车,八点前赶到工厂。下班回家后,他匆匆吃过晚饭,又在家里那台半旧不新的织机上工作,母亲决意开办一个"家庭工厂",以解脱老板的摆布。

父亲从没什么野心，母亲则永不知足，精力充沛，富于心计。他们俩干起活来如同一个小组：母亲负责设计、剪裁（她小时候在一家纺织厂干过），然后经销帽子、围巾等。父亲除了开编织机外，还搞采购。

后来，他们俩雇了帮工，在离我家还有一段距离的地方开了个铺子。父亲是店主兼制造商，母亲站柜台。两人都是激进的工会会员，这种由工人一跃成为"老板"的地位变化使他们无所适从。我怎么也不会忘记父亲曾力劝四位雇员组织一个工会的情景——为提高工资举行罢工！雇员们死活不干，认为他们的报酬已经可观。他们还说："既然你觉得我们应该得到更高的报酬，你给我们增加一些不就得了？"

"噢，那不行，"他立即说，"难道你们还不明白吗？如果只有我给你们增加了工资，那么我就无法和其他制造商竞争了。可是如果芝加哥所有的纺织工人都联合起来，并派一个代表团去要挟所有的制造商，那么我们就不得不增加工资了。"他到底还是说服了他们。

若干年后，当我在大学上经济学课时，这荒谬的一幕总是在我大脑中闪现。

父亲交友甚广，却很少有知己密友。他十分钦佩自己所不具备的别人的优点：所受教育、分析能力和创造能力。他最崇尚直率的性格。他常情不自禁地赞美某某人"是个了不起的人物，实在了不起！"

父亲对大海有着深厚的感情。在密歇根，在加利福尼亚和佛罗里达海滨，他不知度过了多少个美好时光。他不会游泳，因此从不到淹没膝盖的地方去。看着他坐在海边戴着草帽看报纸，就像一个澡盆里戏水的孩子，实在令人发笑。

丹尼·托马斯曾给我讲述了他的父亲——一个身高体壮，妄自尊大的人——是如何去世的。临终前，老人朝天挥动拳头大喊："让死亡滚蛋吧！"

我父亲没能像他那样壮烈地死去。经过一年的心脏病、咳嗽、肺气肿的折磨后，他身体极度虚弱，最后在氧气帐中悄然离去。每当想起"死亡"二字时，他表现的不是大发雷霆，而是闷闷不乐。

一次，母亲送他到南天门医院，他抱怨说脸上有点发痒。于是我带来了我的电动剃须刀。在我给他剃胡须时，他问："你为何从纽约一直跑到密歇根来了？"

"没有啊，"我撒谎说，"我碰巧来底特律开会，碰上了。"

"是碰上了！"他叹道，接着又笑着说，"你可是我这一生中请过的最昂贵的理发师啊！"

出院后，他憔悴到难以辨认了。走路得拄拐杖，还须我搀扶。我不禁想起了一句犹太谚语："父亲帮助儿子时，两人笑了；儿子帮助父亲时，两人都哭了。"

可是我们俩谁都没哭过，因为我总是滔滔不绝地谈论自己的工作、妻子、儿女以及工作计划，他对这些向来都是百听不厌。我攒了一肚子听来的新故事——任何能使他暂从病痛中解脱出来的方式都未尝不可。在我讲故事时，他总是面带笑容，装出一副痛苦很快就会消失的样子，装出一副还有大量的时光交谈，还有数以千计的故事要讲的神态。

最后一次是我在芝加哥的一家医院见到他的，当时他被放在氧气帐中，处于昏睡。我和妻子向他道别，他都没听见。我送他一个飞吻，以为他也没看见，然而他看见了。他点了点头，用满是皱纹、扭曲的脸做着怪相——以前当他说到"别为我担心"或"别等我"时常做这种鬼脸。接着，他费劲地伸出两根手指举到唇边，回了我一个飞吻。

父亲是个和蔼可亲，通情达理的人，我爱他。

父亲去世后，我每天都要进行长时间的游泳。我可以在水中尽情痛哭，当两眼通红地从水中出来时，别人还以为是水刺痛了眼睛。我不知道别人是否有过如此的思念之情,和我在一起,父亲感到愉快,和父亲在一起,我感到幸福。

　　父亲活在我的脑海里,他的音容笑貌时时涌进我的记忆里。有时,我会情不自禁地脱口喊道:"哦,爸爸,您真了不起!"

奶奶

（美）雷·布莱德伯里／文
孙法理／译

　　她是个女人，手里拿着扫帚、畚箕、抹布，或是汤勺。你看她早上哼着歌儿切馅饼皮，中午往餐桌上送新出炉的馅饼，黄昏收拾吃剩的冷馅饼。像个瑞士摇铃手叮叮当当地把瓷杯摆放整齐；又像个真空除尘器，一阵风似的走过每一间屋子，找出没弄好的地方，把它弄弄整齐。她只需手执小泥刀在花园里走上两趟，花儿就在她身后温暖的空气中燃起颤巍巍的红火。她睡得极安静，一夜翻身不到三次，舒坦得像一只白色的手套。但是天一亮，手套里又插进了一只精力充沛的手。她醒着时总像扶正画框一样，把每个人都弄得端端正正。

可是，现在呢？

"奶奶。"大家都在喊，"祖奶奶。"

现在她仿佛是一个庞大的数学式子终于算到了底。她填满过火鸡、家鸡、鸽子的肚子，也填满过大人、孩子的肚子；她洗擦过天花板、墙壁、病人和孩子；她铺过油毡、修理过自行车，上过钟表发条，烧过炉子，在一万个痛苦的伤口上涂过碘酒。她的两只手忙忙碌碌，做个不休，这里整一整，那里弄一弄。把垒球和鲜艳的捶球棍放回原位，给黑色的土地撒上种子，给馅饼包皮，给红烧肉浇汁，给酣睡的孩子盖被，无数次地拉下百叶窗、吹熄蜡烛、关上电灯——于是，她老了。回顾她所开始、进行、完成的三十亿件大大小小的工作，归纳到一起，最后的一个小数加上去了，最后的一个零填进去了。现在她手拿粉笔，推开了生活，她要沉默一个小时，然后便要拿起刷子，把这个数字擦去。

"我来看看，"祖奶奶说，"我来看看……"

她不再忙碌了。她绕着屋子不断地转来转去，观看每一样东西。最后，她到了楼梯口，谁也没有告诉一声便爬上了三道楼梯，到了她的屋子，拉直了身子躺下，准备死去，像一个化石的模印打在越来越冷的雪一样的被窝里。

"奶奶!祖奶奶!"又有声音在叫她。

她要死了。这消息从楼梯间直落下来,像层层涟漪,荡漾进每一间屋子,荡漾出每一道门、每一扇窗户,荡漾进榆树掩映的街道,来到苍翠的峡谷口上。

"来呀!来呀!"

一家人围到她的床边。

"让我躺躺吧。"她轻声地说。

她的病痛任何显微镜也查不出来。那是一种轻微的然而不断加重的疲倦,一种压在她那麻雀样的身子上的朦胧压力。困倦了,更困倦了,困倦极了。

她的孩子们和孩子们的孩子们仿佛觉得她如此简单的动作——世界上最轻微的动作,不可能引起这样严重的恐慌。

"祖奶奶,听我说,你现在不过是在闯过难关。这屋子没有你是会塌的呀!你至少得让我们有一年的准备时间。"

祖奶奶睁开了一只眼睛,九十年的岁月像是沙尘鬼从迅速撤空的屋顶上的窗口飘了出来,静静地望着她的医生。

"汤姆呢?"

汤姆被送到她那悄声低语的床边。

"汤姆,"她说,声音微弱而辽远,"在南海的岛屿上每个人都有这么一天。那天到了,他自己也明白,于是他和亲友们握手告别,坐上帆船离开了。他走的时候到了。今天也是这样。我有时非常像你,星期六要看日场演出,到晚上九点才回来,还得打发你爸爸去接你。汤姆,当你看到同样的西部英雄在同样的高山顶上跟同样的印第安人打仗的时候,那就是离开座位往剧院大门走的时候了,你必须毫不留念,不要回头。因此,我也该在看得津津有味的时候离开剧院了。"

第二个被叫到她身边来的是道格拉斯。

"奶奶,明年春天叫谁去给屋顶换木瓦呢?"

从有日历以来每年四月你都以为自己听见了啄木鸟在啄屋顶。不,那是奶奶心醉神迷地哼着小曲在钉钉子,是她在九霄云里给屋顶换木瓦!

"道格拉斯,"她细声细气地说,"不觉得盖屋顶挺有趣的人就别让他去盖。"

"是,奶奶。"

"到了四月,你向四面看看再问,'谁愿意盖屋顶去?'谁的脸上放出光彩你就叫谁去,道格拉斯。在屋顶上你可以看到全城的人往乡下走,乡下的人往天边走,往波光粼粼的小河边走；还看得到清晨的湖泊，脚下树梢上的小鸟。最舒畅的风在你周围呼呼地吹。这些东西哪怕只是为了一样，也值得找一个春天的黎明往风信鸡那儿爬一趟。那是很动人的时刻，只要你有机会去试试……"

她的声音微弱了，像在轻轻地颤动。

道格拉斯哭了。

她鼓起劲来，"哎呀，你哭什么？"

"因为，"他说，"你明天就不在了。"

她把一面小镜子转向孩子。在镜子里他看了看她的脸，看了看自己的脸，又看了看她的脸。她说："我要在明天早上七点钟起床，我要把耳朵后面洗干净，我要跟查理·伍德曼一起跑到教堂去，我要到电气公园去野餐，我要去游泳，打着光脚板跑，从树上落下来，嚼薄荷口香糖……道格拉斯，道格拉斯，你真丢脸！你剪手指甲吗？"

"剪的，奶奶。"

"你的身子每七年左右就全体更新一次，指头上的老细胞，心上的老细胞都得死去，新的细胞长出来。你不会为这个哭吧？不会为这个难过吧？"

"不会的，奶奶。"

"那么，你想想看，孩子。那把剪下的手指甲收藏起来的人不是个傻瓜吗？你见过把蜕去的蛇皮保存起来的蛇吗？今天躺在这里的我也就跟手指甲和蛇皮差不多，一口气就能把我吹得片片飞落。重要的不是躺在这儿的我，而是那个坐在床前回头望我的我，在楼下做晚饭的我，躺在车房汽车底下的我，在藏书室里读书的我。起作用的是这许许多多的新我。我今天并不会真正死去。人只要有了家就不会死了，我还要活许久许久，一千年后会有多得像一座城市的子孙，坐在橡胶树荫里啃酸苹果。谁拿这种大问题来问我，我就这么回答他！好了，快把别的人也都叫进来吧！"

全家人来齐了，站在屋子里等着，像是在火车站给旅客送行。

"好了，"祖奶奶说，"我在这儿，很荣耀。看见你们围在我床边，满心欢喜。下一周该让孩子们给园子松土和打扫厕所，也该买衣服了。既然你们为了方便起见称之为祖奶奶的那一部分我不会在这儿督促你们了，我的另外的部分，你们称作贝特大伯、利奥、汤姆、道格拉斯等等的部分，就要接过我这项工作，每个人都会有自己的工作。"

"是的，奶奶。"

"明天不要举行什么告别仪式，也不要为我说些动听的话。这些话我在自己的日子里已经满怀骄傲地说过了。一切食物我都吃过了，一切舞我也跳过了。现在我要吃下最后一个我还没尝过的糕饼，用口哨吹出最后一曲我还没吹过的小调。但是我并不害怕，我还真感到好奇呢！我要把它吃得干干净净，不会在嘴边给死亡留下一点点碎屑。不要为我难过。现在，你们都走吧，我要去寻找我的梦了……"

门在某个地方静静地关上了。

"我好过一点了。"在温暖雪白的亚麻布和毛毯铺就的被窝里，她感到舒适宁帖。贴花被子的颜色和往日马戏班的旗帜一样斑驳陆离。她躺在那儿，感到自己还很小，很神秘，好像八十多年前的某些早晨一样。那时她一觉醒来，在床上心满意足地伸伸她的嫩胳膊嫩腿。

很久很久以前，她想，我做了一个梦，做得正甜时却不知叫谁弄醒了——那就是我出生的日子。现在呢？我来想想看……她的心又回到过去。那时我在哪儿？她努力回忆。我到哪儿去寻找那失去的梦？它的线索在哪儿？它是什么模样？她伸出一只小手，在那儿……是的，那就是它，她微笑了。她在枕头里转动转动脑袋，让它更深地埋进温暖的雪堆里。这样就好些了。现在，是的，她看见它在她心里静静地形成，平静得像沿着蜿蜒无尽的岸滩流淌的海洋。她让那久远的梦碰了碰她，把她从雪堆里举起，让她从那几乎被遗忘的床上飘了起来。

在楼下，她想到，他们在擦银器、在清理地窖、在打扫厅堂。她听得见他们在屋子的每一个角落的生活。

"好的。"祖奶奶小声地说，梦把她飘了起来，"像生活中每一件事一样，这是恰当的。"

大海把她送回到岸边上。

徒步旅行

（英）罗伯特·斯蒂文森/文　高健/译

我们决不可认为，徒步旅行只是如一些人所说的那样，不过是到村郊野外去观赏景物的一种不错的方法而已。其实要观赏风景，好方法是很多的。其中最生动的一种便是坐火车去看，不管一些假冒风雅的人对此会是怎样的讲法。但是徒步去看也不失为一种办法。可以与前面那种互为补充。说实在的，一个真正有点"民胞物与"情怀的人，每当他外出之际，其志往往并不在于景物的佳妍而在于心绪的欢快——在于晨起出发之前的憧憬与希望和夜晚归来之后的恬静与酣畅。他常常说不清是背上行囊还是卸下它时他的心情更为高兴。他出发前的那种欣欣然的心情已经可以使人料到他抵达时的愉快。他的坐卧行止本身不仅是一种福分,而且还将不断加深,于是便乐上加乐,源源不绝,如环之无端。正是这种妙处,理解的人往往不多:这种人要不久留一地,长期不动;要不拼命赶路,顷刻数里;他们绝不把这两者折中一下,而是终日惝惝惶惶,早为晚忙,晚为早忙,所以说旅行的妙处对于那种徒知奔波赶命的人往往不懂。这种人是连见到别人饮柑桂酒时用了个小盏也会心头不快,因为他们自己平日喝酒总是大杯猛灌。他不懂得酒要细品才能喝出味来。他不懂得那种毫无头脑地没命赶路只会使自己疲惫不堪,不成人形,结果夜晚抵达旅舍之后,只觉五官麻木,心头漆黑,空负了那一天的风月。的确,在那暖风和煦的月下漫步,他是全然不能领略的。这时他真是意绪全无,唯一的要求便是索来睡帽,上床大睡。如果他是个吸烟的人,这时连他的烟斗也会变得索然无味,失去魅力。这种人在乐趣的追求上注定会事倍功半,甚至最后也得不到半点乐趣。总之,他正应了我们谚语里的那句话,叫作"他走得越远便越倒霉"。

首先,为了充分领略徒步旅行的妙处,这种出游必须一人孤行。如果你要结队甚至只再找一个人一起前行,那么这种出游也只是徒有其名而已。它已发生质变,而成了一种游宴性质的集会了。所以徒步出游只应单独进行,因为它的特点即在自由自在,不受拘束;因为这可以使你想行则行,想止则止,在路径上也是可此可彼,一切全凭你的兴致;因为你行路的疾徐快慢可以由你自己掌握,既不需要在一名步履如飞的人的一旁赶得喘气,也不需要在一个女孩子的身边一步三摇。另外你还得敞开胸怀,接收一切印象,并使你的思想从观察之中取得色彩。你需要像一只笛管那样任风吹奏。"我真不懂,"赫兹里特便曾说过,"为什么一个人一边走路还要一边说话。如果我身在乡间,那我就要像乡村一样地沉默悄静。"他的话已把这点说得透彻极了。你的身边决不应是喧喧嚷嚷,人声嘈杂,那就连早上想点问题的清静时间也没有了。一个人如果一刻不休地与人争论,他就不可能全心沉酣在那清风送来的各种爽籁之中,这种沉酣起初不过是头脑里一点微弱的迷惘与懒散之感,但逐渐便成了一种非常奇妙的宁静与和平。

往往在外出的头一两天,一个人的心头也难免会有些不快时刻,这时一位旅人对他的背包最无好感,简直想把它一股脑地丢在篱边了事,然后便仿效着基督徒[1]在类似情形下之所为,"欢踊再三,继而歌唱"。不过你的心境不久就会轻松。它甚至会变得着迷,因此时你已动了游兴。于是背包刚一上肩,你的一点残留的睡意已经全消,然后抖擞一下精神,继续跨步上路。的确,说到心情,那开始决定路径时的心情往往是最好的。当然,如果他总要去想他的一些不顺心的事,如果他总是想去打开阿布达的箱筐以及和那老妪携手同行[2]——如果真是这样,那就不论他走到哪里,也不论他的行路快慢,他永远都得不到真正的快乐。相反地,这只会使他自己弄得极不光彩!现在假设有三十个人一起上路,那么我敢向你打赌,那里面再也找不出第二个人脸色那么阴沉。试想在一个夏日的初晨,当天色还是昏暗的时候,便尾随在一批游客之后,首途出发,那的确会是一幅绝妙的情景。这

---

[1] 此处基督徒不是指一般的基督教信徒,而是十七世纪英国作家约翰·班扬所著小说《天路历程》中的主人公的名字。书中假托梦境,叙述了主人公基督徒及其妻子等人虔心向道,遍经危厄险境,超凡入圣的艰辛历程。下文所引"欢踊再三,继而歌唱"一语,出现在基督徒循着拯救之墙奋力登山的一段。基督徒因肩上背着罪孽的重担,举步维艰,困苦之中,忽然瞥见一个十字架,此时他的重担即从肩上脱释,因而,"欢踊再三,继而歌唱"。

[2] 典出英国作家雷得理的《真尼故事集》。阿布达为巴格达城一富商,为一老妪所扰,日夜不得安宁,不得已,外出遍访驱魔之术而不得。最后发现,驱赶这老妪(实即其邪意恶念)的护符即在"敬畏神明与遵守神谕"。文中所说的觊觎阿布达的箱子与老妪同行,意即贪图他人财物和与邪恶为邻。

时你便会看到，其中一人，步履极速，双眸炯炯，凝神苦思。原来他是正在自发机杼，属词缀句，以便描写眼前景物。一个人行经草间时左顾右盼，一会儿伫立河边，看看蜻蜓；一会儿又斜倚在茅舍门前，把那安详吃草的牛群看个不完。一个走起路来有说有笑，甚至对他自己做着各种手势，而随着眼中愤慨的外露与额头怒气的增长，他脸上的一副神态也变化不定，令人莫测。原来他正在撰拟文稿，发表演说，甚至就在路边进行着最热烈激昂的接见会谈。但再过一程，他又完全可能回嗔作喜，引吭高歌起来。如果他在这行技艺上也并非擅长，那么但愿这时他别在拐角地方碰上个不很知心的农民；遇到这种情形，我真说不清是哪一方面的神情更不自然，或者是这位行吟诗人的惶惑还是那个乡下佬的目瞪口呆更加叫人难以消受。那些久居室内不大外出以及平日最多只见过些一般流浪汉的人们，如果一旦见到了这伙人的热闹举动，一定要大惑不解的。我就听说一位先生曾被当成逃跑的疯汉而给拘留起来，原因是他虽然已经岁数不小，颔下也已蓄了须子，但走起路来还是蹦蹦跳跳，像个孩子。另外一件说来也许会使你吃惊的便是，几乎一切性情端肃的学者名流都曾对我讲过，他们徒步出游的时候常好唱歌——而且唱得很糟糕——于是，也正如上面所述，便因为不知给从哪个角落里蹦出来的不吉利的村民撞个满怀而羞得两耳通红,为了使你相信我言之不虚,绝非夸张,兹特引哈兹里特的一段自白为证,这段话见于他的名文《论出游》,这篇文章实在写得奇绝妙绝,谁若不曾读过,简直应当对他课税罚款。其言为:

但愿这时我头上有蔚蓝的青天,脚下有碧绿的草地,面前一条幽径,曲曲折折,以及赶上三个小时的路程前去进餐——接着就尽情地去思考!在这些荒原之上我是不愁没有欢乐的。我要跑、跳、笑、唱,满心欢喜。

妙哉!想来在听了我那友人与警察的一番逸事之后,你现在即使把这段经历用第一人称的口吻发表出来,也许会觉得无所谓了吧?但可惜勇气这事今天在我们的身上已经绝迹;即使动起笔来,一切也都得和我们周围的邻居一模一样,呆头呆脑,作谨慎状。但当年的哈兹里特便不是这样。你看他在阐发他那徒步出游的议论上曾经是何等滔滔不绝,振振有词(而且尤其妙在通篇笔力不衰)!不过他倒也不走你们那些穿紫红长袜运动员们的极端,一天非要赶完规定好的路程不行:他的标准不过是日行三个小时。而且他还得要有通幽的曲径——这位深得游趣的奇才!

　　但是在一点上,我对他的那一番话有不同看法,即是我认为这位大师在做法上有一点还稍欠聪明。我不赞成他的那跑和跳。跑和跳都会使人的呼吸变得紧促;都会使头脑从那野处绝妙的迷惘之中清醒过来;另外也都会破坏你的节奏。忽快忽慢的走法对人的身体并无好处,而只能引起思想涣散,心绪烦躁。反之,如果你走起路来步履平稳均匀,这时即使你思想上不费一点力气也能够长时间地行走下去、并使你不致紧张认真地去考虑其他。这正像编织活计或抄写东西那样,它会在不知不觉之中使人头脑里的激烈思想活动缓和与歇息下来。当然思想并非完全中断,我们还能想这想那,但来得轻松而愉快,好像儿童般的想事方法,也像晓梦将跨前的心神活动。这时无论玩玩猜字解谜,乃至各种各样的文字游戏,都不打紧;当然,轮到我们需要进行正式工作,需要集中全力来大干一番时,那就是另外一回事了,那时你即使是把你那号角吹得再响和再长,也有必要;因为你心灵王国中的百千诸侯不容易顷刻之间便响应云集在你的大旗之下,一心只待勠力勤王,而是正依偎在各自的炉边取暖,或者还昏昏于睡梦之中!

但是你看，在整个一天的行程当中，人的心绪是会出现多种多样的变化的。从出发前的兴致勃勃到抵达后的颓然自怕，这中间的变化的确很大。随着一天时光的渐渐流逝，一个旅行者的心情也必然会从一个极端走向另一个极端。他会越来越与周围的山川景物融而为一，另外野外的那种陶醉作用也将逐渐大量地浸入他的肢体，于是到了后来，他只是不由自主地走了下去，这时眼前所呈现的一切简直不啻一场梦幻。起初样样都色彩鲜明，后来一切也就趋于恬静平淡。所以一个人在抵达终点时不一定能写得出多少文章，甚至连他的笑声也不很响亮；但这时即使没有更多收获，仅仅他的感官方面所得到的种种愉快，周身的舒泰之感，呼吸的顺畅以及腰腿的结实有力，等等，也会是他的不小宽慰，因而抵达目的地后仍能感到十分喜悦。

此外，关于露营一事也不应忘记说上几句。有时你来到山上的某个路标之旁，或者什么林荫茂密的地方，下面便是交叉路口；于是你背包一甩，坐在树下便点起烟来。你深深地沉溺在自己的内心之中，这时林中小鸟也跑到你的周围，瞅着你，你烟斗上的袅袅青烟，正和着午后的暖风，慢慢消失在头顶的蓝天上，脚下晴光如炽，草暖沙暄，颈边却清风习习，动人衣衫。此时此刻而曰不乐，那你心中一定有不可告人的诡秘。就这样，你在路边可以流连很久，坐忘移时。那千载难逢的幸福世界此刻仿佛已经到来，从此我们尽可以抛掉一切钟表之类的计时工具，再不去理会那季节岁时。我一向认为，一生而能不问时刻即是获得永生。除非亲自试过，你往往并不知道一个夏日会是那么漫长，结果你的办法只能是按腹饥与否来量，按困倦与否来计。我听说有个村庄就几乎完全没有钟表，所以那里的人对日子的观念便很淡薄，只是对于礼拜那天还能估摸出来。另外据说那里只有一个女人能说得出某一日是某月的某天，但就连她也往往弄错；因此假如别处的人们一旦听说原来时间在那个村里运行得最为缓慢，而且尤其有利的是，时间老人还把无数的余暇的空闲大把大把地赏赐给那里的聪明村民，我敢说，那时不论伦敦、利物浦、巴黎乃至一切大都市里的人们一定会倾城出动，蜂拥而来，因为那些大城市里的钟表全都得了疯病，一个比一个把时间报得更快，仿佛是在参加一场巨大的赌博赛一样。而这一批前来的愚蠢香客又全部把自己的痛苦带在他们的表袋里面！值得注意的是，在那被人称为洪水之前的年代里就没有钟表这类东西。因而像如期赴约和按时到场等，当然也就无人懂得。"你也许能把一个贪婪者的财宝全部拿走，"弥尔顿说,"但有一件还留在他的身上;你夺不走他的贪婪。"对于我们今天商界的一些人们,我也不免是这个说法。哪怕你对他的关心是如何的无微不至,把他安放进伊甸乐园,给了他不死之药——他的心灵深处仍有一道裂痕你弥补不了,他改变不了他那买卖人的习性。不过这类习性在徒步出游之中至少能冲淡几分。所以我说这时他总能感受到相当的自由。

但是那最佳妙的时刻则是在夜晚,特别是在饭后。一天的步行之后,烟斗抽起来就会更香;那烟草的味道真是令人难忘,他爽劲芳馥,饱满精妙。如果你餐后用酒,那酒也会特别香甜;啜上一口,周身舒坦。如果读书——这在你平日不过偶一为之——你也会感到那书中的文字格外清新而和谐;字里行间处处见出新意;一个简单句也会在你的耳边萦绕很久,余韵不绝;一时仿佛情与境会,意与心通,因而越读越使你感到作者的倍加亲切。于是恍惚之中,那部书便不啻是自你口出,为你梦中所自作。在这种情景下所读的书,回想起来总是别有风味的。"犹忆一七九八年四月十日,"哈兹里特这里曾饶有感情地举出那确切的日期道,"宿兰戈莱恩店之夕,叫得雪利一瓶,冷鸡一盘,然后取《新爱洛伊丝》

于灯下边吃边读。"我真巴不得能再引上几句，因为我们今天虽都称得是一时之隽，但哈兹里特那样的文章我们已经写不出来了。说到这点，我想哈兹里特的文集也应当是这类旅行中的必携之物；海涅的短诗也是这样；另外我敢保证，《商第传》此时来读也会别有一番妙处。

遇到天气晴和的暮夕，这时无论闲伫旅店门前看看残照落日，还是独立桥边，观观水草游鱼，都是人生一种难得的享受。只有这时，所谓赏心乐事这个词的充分意义你也许才能真正领会。这时你的筋骨肌肉是那么舒适轻松，浑身上下是那么爽洁健康，悠然自得，所以不论你坐立止息，都无所不宜，不论你做点什么，全部会做得踌躇满志，乐比帝王。你会毫不拘束地同任何人攀谈起来，不问贤愚，不分醉醒。那情形直仿佛这一番激烈跋涉早已将你身上的种种狭隘自尊都洗涤一空，剩下的唯有一颗好奇之心，它兴致勃勃，自由自在，正像你在儿童或科学家身上所见到的那样。你会把你个人的癖嗜完全抛到一边，而一心只注意发生在你面前的各种当地风习，这些时而突梯滑稽，好似一出闹剧时而又庄肃优美，好似一篇古老的传奇故事。

或者夜深人静,你成了独自一人,或者风雨晦暝,你被困在了炉边。这时不应忘记,彭斯在追忆他往日的欢乐时,便曾把进行过"愉快思想"的时刻,列为其中之一。这个短语对一个四面八方被钟表困得死死,甚至连在夜间也要被那带夜光的钟表闹得不宁的现代人来说,不解其意倒也不足为奇。我们今天实在是人人忙得过度,我们手中有那么多迂阔的计划须待实现,有那么多空中楼阁需要在沙上建立起来,以便使之成为适合人居住的巍峨建筑,因此我们确实找不出时间到那思想之国或虚荣之山去做一次神游。当我们竟不得不在炉边一坐半夜,终宵无事,那可真是环境大变;而当我们还能把这种时光过得惬意,并无不适之感,甚至能获得"愉快思想",那对我们大家来说更将是世界大变。我们总是这样一刻不停地忙于办事,忙于写作,忙于筹集器械装备,忙于使我们自己的声音在那永劫的饱含讥讪的空寂之中响一两声,结果我们往往忘记了一件更为重要的事——也就是说,忘记了生活本身,而比起这个,上述的种种都不过是皮相而已。我们或沉溺于酒色,或流于快乐,海角天涯,到处奔波,累累然仿佛一只丧家之犬。但现在你应当好好问问自己,在这一切烦扰之后,你是否觉得,假如你原来便能安守炉边,愉快思想,岂不比你目前的情形更强胜许多?一个人如能经常沉下心来，静静凝思一番——即使忆起美色，也能爱而不淫，见到功名，也能羡而不妒，时时处处都能以一副体谅同情的襟怀临之，而同时又能欣于所遇，安于现状——如能做到这点，那岂不是真的参透德行睿智，永臻于幸福之境吗？譬如沿街游行，那深得其乐的人往往并非是那威仪赫赫、持旗前导的人，而是那闲倚虚晃，隔窗一眺的人。而一旦你达到这种境界，世上的任何奇谈怪论你也都会付之一笑。不论人们如何闪烁其词，讲得如何冠冕堂皇，这些对你都将毫不生效。这时如果你反问自己一下，人们一般所谓的声名财富甚至学问到底有何意义，你便会觉得这一切都是多么迂阔而不切实际；于是你又回到你那缥缈的想象王国之中，这里在一般逐利心切的庸人俗物的眼中虽然不屑一顾，但对于一些深为目前这个一切失调的现实世界所苦的有心人们意义重大，他们仰望着天际滚滚群垦的不息运行，不能不对那两种同属微若无物的不同事物骤生感喟，即在罗马帝国之与一只烟斗或百万金元之与一根琴弦之间到底有无区别？

你临窗独倚，你烟斗上最后的一缕白烟正飞入夜空，你的周身传来一阵阵惬意的酸痛，你的心灵已登上了那极乐世界的七重高天；但就在这时，情绪陡然一变，正像风标的随风急转,你又向自己提出了一个问题,你到底是个最睿智的哲人,还是个最要命的愚者?人的智慧也许还回答不出;但堪称自慰的是,今宵你总算度过了一个最美妙的夜晚,另外也将天下万国周览环视了一番[1]。因此且别管什么贤愚不肖吧,明天的旅行又会将你的全部身心携入到这个茫茫广宇的另一奇境。

---

1 这里暗用《圣经·新约》中撒旦引诱耶稣的故事。耶稣为了更好地领会上帝的意旨,曾独身避居旷野四十天,不饮不食,专心悟道。撒旦趁耶稣稍感饥饿之时,以种种方法对他进行引诱,如劝他将石头变成面包充饥,以动摇其道心,并将天下万国展示在他脚下,提出只要耶稣投降于他,这一切将都归耶稣。但耶稣信仰坚定,怒斥撒旦。

我踏着芳馥的浅草向上走去。而随着每一步的攀登,我心境的感受范围似乎也更加宽阔。随着每一口清纯气息的吸入,一个更加深沉的渴望正在不觉萌生。